A MADONA
DE CEDRO

ANTONIO
CALLADO

A MADONA
DE CEDRO

8ª edição

JOSÉ OLYMPIO
E D I T O R A
Rio de Janeiro, 2014

© Teresa Carla Watson Callado e Paulo Crisostomo Watson Callado

Reservam-se os direitos desta edição à
EDITORA JOSÉ OLYMPIO LTDA.
Rua Argentina, 171 – 3º andar – São Cristóvão
20921-380 – Rio de Janeiro, RJ – República Federativa do Brasil
Tel.: (21) 2585-2060
Printed in Brazil / Impresso no Brasil

Atendimento direto ao leitor:
mdireto@record.com.br
Tel.: (21) 2585-2002

ISBN 978-85-03-01207-2

Capa: Carolina Vaz

Texto revisado segundo o Novo Acordo Ortográfico da Língua Portuguesa.

CIP-BRASIL. CATALOGAÇÃO NA PUBLICAÇÃO
SINDICATO NACIONAL DOS EDITORES DE LIVROS, RJ

C16m

Callado, Antonio, 1917-1997
    A madona de cedro / Antonio Callado. - 8ª ed. – Rio de Janeiro:
José Olympio, 2014.
    256 p.; 21 cm.

8ª ed.

ISBN 978-85-03-01207-2

1. Romance brasileiro. I. Título.

14-11865
                                CDD: 869.93
                                CDU: 821.134.3(81)-3

A Paulo Bittencourt

...planta sois e caminheira,
que ainda que estais,
vos is donde viestes.

Gil Vicente

PARTE I

1

Quando a Quaresma estourava nos montes e nas igrejas, Delfino Montiel não era o único a pensar no afamado caso do roubo da Semana Santa. Só que Delfino sabia muito mais sobre o caso do que os demais. As quaresmas roxas rebentavam em flor nas encostas, os panos roxos saíam dos gavetões das sacristias para os altares, e Delfino sentia um calafrio. Era uma semana de expiação e vergonha para ele. Mas — e não adiantava negar isso lá dentro dele mesmo, que diabo, porque enganar, enganar mesmo, a gente só enganava os outros — era também uma semana de grande prazer. Naquele ano do roubo de Sexta-feira da Paixão, ele, chegado o Domingo de Páscoa, já começava a sua viagem rumo ao Rio de Janeiro. E rumo a Marta, Marta que naquele tempo ainda se chamava, de sobrenome, Ribas, e que agora, louvado via quaresmeira e acácia pintando os morros de Congonhas do Campo ou pondo manchas de amarelo e ouro nas águas do Maranhão e do Santo Antônio, murmurava consigo mesmo: "Não posso deixar de dizer que se fico triste na Semana Santa como as quaresmas, fico bem alegre também, feito as acácias." Delfino só ficava mesmo sorumbático quando a quaresma e a acácia cresciam juntas e misturavam ouro com roxo numa copa só. Aí ficava tudo com cor de enterro e seus pensamentos se voltavam para o lado triste da Semana Santa, do roubo.

O caso tinha deixado de boca aberta todo o mundo, não só em Ouro Preto, Mariana e Congonhas, como até em Belo Horizonte. Até no Rio de Janeiro. Como sempre na Quaresma, as imagens nas igrejas tinham sido cobertas com panos roxos, para ressurgirem em seu dourado esplendor de talha ou em seu lustro de pedra-sabão no Sábado de Aleluia. Pois, quando chegou o grande momento, quando os sinos de festa comunicavam a grande nova da Ressurreição e seus festivos alaridos se chocavam no cabeço dos morros, quando chegou esse momento e os sudários roxos eram baixados dos altares para que ressuscitassem também os santos do Senhor — começou a se espalhar a notícia dos roubos. Primeiro, desconfiados, os padres e sacristães das igrejas roubadas ficaram quietos. Quem sabe se algum fiel mais apaixonado não levara essa ou aquela imagem com intenção de restituí-la dentro de alguns dias? Mas, quando a matriz ouro-pretana da Senhora do Pilar deu por falta do próprio são Jorge do Aleijadinho, aí foi um deus nos acuda. Tratava-se da avantajada imagem do padroeiro português e santo amado dos pretos, do próprio são Jorge com sua longa lança que, entre tantas de suas façanhas, contava até a de ter sido preso certa ocasião: durante uma procissão tombara do cavalo, lança em riste, matando um fiel. A opinião pública fora unânime em achar que o fiel devia ser um terrível pecador para que o santo soldado resolvesse vará-lo com a lança, mas mesmo assim foi presa a imagem. E agora a roubavam! Uma das principais obras do Aleijadinho! E não tinha sido a única, ao contrário. Os misteriosos ladrões tinham também carregado, da Ordem Terceira da Senhora do Carmo de Sabará, a beatífica estátua de cedro de são João da Cruz, o doutor místico, o grande amante do Cristo, obra de talha também do Aleijadinho. Quase todas as imagens menores do grande mestre haviam sumido. Um dos anjos atlantes do coro da mesma Ordem Terceira do Carmo fora também removido, embora não estivesse coberto. O ladrão ali ousara tudo, carregando até medalhões de pedra-sabão, peritamente descolados. Quando as primeiras notícias chegaram a uma Congonhas do Campo estupefata, o vigário do santuário do Senhor Bom Jesus de Matosinhos, padre Estêvão, percorreu nervosamente seu templo, tudo esquadrinhando e, afinal, enxugando na testa o suor da aflição, veio para o adro tomar um pouco de ar e agradecer ao Senhor por haver protegido aquela casa. De repente lembrou-se de que, a pedido dos fiéis, tinha sido levada para a capela dos Milagres a preciosa imagem de Nossa Senhora da Conceição, talhada pelo Aleijadinho e delicadamente colorida por mestre Ataíde. Correu aos Milagres. Tinha sido roubada! Com o coração aos saltos, o vigário lançou-se para fora, pela alameda que corre entre as capelas dos Passos, com as sessenta e seis estátuas de cedro da Paixão do Senhor. Percorreu as capelas em legítima *via crucis*, levando muito mais tempo do que devia em abrir com as grandes chaves os portões de ferro de cada uma. Ali, no entanto, nada parecia faltar.

Padre Estêvão podia se dar por muito feliz. Só a Nossa Senhora da Conceição (tão disputada ao santuário do Bom Jesus pela matriz de Congonhas, que era exatamente dedicada à Senhora da Conceição) havia desaparecido. Nas outras cidades onde a incrível quadrilha tinha agido, os prejuízos eram terríveis. Florões e medalhões e querubins de pedra-sabão, até ornatos dourados de púlpito e coro, de pia e chafariz, um grande santo Antônio da igreja franciscana de Ouro Preto, o Jeremias da igreja de são João do Carmo de Ouro Preto, e mesmo o são Miguel da capela das Almas da igreja franciscana de São João Del Rei — tudo sumira.

Do velho professor que lhe ensinara as primeiras letras, em Ouro Preto, Delfino Montiel tinha ouvido um resumo da situação que lhe parecia exato: desde a Inconfidência não havia tamanho rebuliço por ali.

Com incondicional humildade, a polícia local, ao ler a lista dos furtados e ao ver que nas igrejas só havia o maior pasmo e nenhuma ideia acerca do possível ladrão ou ladrões, declarou-se logo incompetente para o trabalho. E nem o governo do estado queria perder tempo com providências que não esgotassem logo o assunto. Convocou, de acordo com a diretoria do Patrimônio Histórico e Artístico Nacional, o Departamento Federal de Segurança Pública. Não ficou fora das grades um vadio, um desocupado, um bêbado ou ex-preso de Ouro Preto, Mariana, Congonhas e Sabará. Em todas as capelas e altares saqueados a coleta de impressões digitais foi tão abundante que a população começou a resmungar que se os detetives do Rio queriam apurar quais eram de fato as obras do Aleijadinho perdiam tempo: o homem trabalhava sem dedos, roídos pela lepra. O DFSP fez um levantamento dos táxis e carros vindos de Belo Horizonte ou dos que houvessem atravessado barreiras, entrevistou motoristas nas várias praças, vasculhou, em várias garagens, centenas de caminhões: não se recuperou um querubim.

Delfino Montiel bem sabia por quê. No início daquela Quaresma de doze anos atrás ele tinha recebido a visita, ou uma segunda visita de Adriano Mourão em muito pouco tempo. Adriano tinha aparecido na lojinha em que Delfino vendia objetos de pedra-sabão: copos e jarros, cinzeiros, castiçais, imagens de santos. A visita tinha sido uma grande surpresa. Delfino não imaginava que interesses poderiam trazer de novo o amigo a Congonhas do Campo. A visita de Adriano uns cinco ou seis meses antes, essa sim, apesar de lhe causar surpresa, era compreensível: natural de Congonhas e afastado dali havia tantos e tantos anos, Adriano tinha vindo rever os amigos. E dera então a Delfino a grande oportunidade que esperava de conhecer o mar. Convidara-o a passar um mês em seu apartamento carioca da Praia Vermelha. Ora, Delfino tinha voltado de lá há pouco. Que queria Adriano agora?

Se Delfino era filho de um modesto negociante de objetos de pedra-sabão, Adriano Mourão era de gente bem mais humilde: era filho natural de Manuel Magarefe com uma mulata com quem se amigara ainda em vida da mulher doente. Com sua tez branca e rosada de português e o cabelo razoavelmente pixaim, Adriano representava mais uma superposição do que uma fusão de raças. Era simpático, largo de ombros, destro com as mulheres. Havia quem dissesse que sua brusca partida do lar paterno para a aventura tinha levado Manuel Magarefe à morte. O fato é que, menino ainda, Adriano já era independente como o diabo e sempre dizia que não havia de suceder o pai com o chanfalho para vender carne de segunda a pessoas de terceira. Esta sua piada tinha corrido por toda a Congonhas, indignando os fregueses do velho açougueiro, e este, para dar uma satisfação à sociedade carnívora de Congonhas, sovara valentemente o menino Adriano. Adriano, ao suspender as calças depois de umas seis lambadas de correia nas nádegas, tinha saído de casa e de Congonhas para sempre. Por isto ou por aquilo, seu pai realmente morreu ao cabo de dois ou três meses. Adriano tinha então aparecido para vender o açougue e regressar ao Rio.

Finalmente, anos depois, surgira na loja de Delfino. Estava um perfeito cavalheiro, de unhas polidas, cabelo bem-aparado, roupa de tropical azul-marinho e camisa de seda.

— Viva o meu querido Delfino Montiel — tinha dito Adriano.

— Ora, se não é o Adriano, gente!

— Eu mesmo.

— Revendo as coisas do passado, Adriano?

— Hum... Passeando, assuntando. Aliás a gente quando vem a Congonhas não se lembra de passado nem nada. É tudo sempre tão igual que não se imagina o tempo passando, não é, Fininho? Eta cidadezinha pau! — acrescentou com rancor.

Delfino não gostou da observação, mas não disse nada. Aliás, gostou menos ainda de ouvir Adriano exumar aquele apelido de Fininho, que ele acreditava enterrado para sempre.

— Já tem algum restaurante nesta terra? — perguntou ainda Adriano.

— Tem o do hotel, muito bom, lá ao lado do Senhor Bom Jesus, tem a pensão paulista, lá embaixo na entrada da cidade e...

— Mas restaurante mesmo batata não tem, tem? Restaurante onde a gente possa meter uma maionese de camarão e tomar uma garrafa do Granja União?

— Você sabe que a gente aqui come simples. Mas olha que há uma linguiça lá na venda do Martins que bate qualquer camarão — disse Delfino com água na boca só de dizer camarão, que é fruto do mar.

— Passa-se, passa-se, como diz seu Juca Vilanova. Vamos lá no Martins comprar a linguiça, vamos ver se arranjamos aí um vinho verde e tocamos para o tal hotel. Pelo menos um bom tutu o diabo do cozinheiro deve saber fazer. E vamos celebrar o nosso reencontro.

O almoço tinha sido excelente e o vinho verde deixara Delfino cheio de ternura pelo amigo pródigo, que voltava a Congonhas com tanto dinheiro e bom gosto. Ele, que tinha horror a essas vulgaridades, chegou a rir, com muita compreensão, quando o amigo, ao acender um charuto da Bahia depois do café, dera um grande arroto, que indignou duas senhoras que comiam sós na mesa vizinha.

— Cretinas — disse Adriano Mourão, palitando os dentes. — Seu Juca Vilanova sempre diz que arroto é como desaforo, não se guarda.

— Quem é esse seu Juca de quem você fala tanto?

— É um dos donos do Rio de Janeiro, um cara que me enche as medidas. É o meu patrão.

— Que é que ele faz?

— Ele tem uma loja de antiguidades e móveis antigos, é leiloeiro e mais não sei quê. Para cada um desses negócios o velho tem um nome — disse Adriano, piscando o olho para Delfino.

— Ué! E por quê?

— Ah, ele tem lá umas ideias. Diz que cada homem é feito de vários homens. Portanto acha muito natural que a gente tenha vários nomes também. É uma grande bola, o seu Juca.

— E o nome verdadeiro dele é Juca Vilanova, não é?

— Está aí uma coisa que eu não sei, Fininho. Sei que Juca Vilanova é o meu patrão, o dono da loja de antiguidades.

— E os outros nomes dele quais são?

— E você pensa que ele diz? Ele tem uma equipe para cada coisa.

— Vote, que cabra encrencado. E que é que você faz para ele?

— Eu viajo para comprar coisas. Vou aí pelas fazendas do estado do Rio, daqui de Minas, da Bahia, do Espírito Santo, ando pelas igrejas e pelas casas velhas. Compro antiguidades para o velho.

— E você nunca tinha vindo catar essas coisas aqui?

Adriano cuspiu para o lado.

— Em Congonhas, não. Só venho em último caso. Já corri a freguesia aqui. Fui ver velhos colegas nossos, o Demóstenes, o Clorivaldo...

— Ah, o Clorivaldo, coitado.

— Estava uma paçoca de cachaça quando falei com ele. Não é que estivesse exatamente bêbado, na hora da nossa conversa. Mas a gente sentia o cara encharcado da uca. Feito um barro depois da chuva. Ele era até simpático, boa-pinta; ficou de nariz vermelho feito um tomate, olho aguado...

— É mesmo — concordou Delfino.

— O Demóstenes está satisfeito com tudo naquela miséria dele. Puxa! Com umas crianças com cara de fome e não quer saber de nada que se pareça com trabalho!

— Você propôs alguma coisa a ele?

Aqui Adriano olhou Delfino fixamente.

— Não. Nem cheguei a propor nada a qualquer dos dois. Mas talvez você pudesse servir seu Juca Vilanova aqui. Ele paga muito bem. Aliás nós temos um plano para daqui a uns dois meses...

— Sim, sim, diga — insistiu Delfino, já sem nenhum acanhamento.

— Não, o velho Juca não quer que se fale nisso antes de chegar a hora, e ele tem razão. Mas escute, Fininho, antes de ele encarregar alguém de algum trabalho ele gosta de conhecer a pessoa. Ou — rosnou Adriano algo dessatisfeito — gosta que o Alfredo examine a pessoa por ele. Por que você não vem passar um tempo no Rio?

— No Rio? — repetiu Delfino, com um nó na garganta.

A só ideia do Pão de Açúcar se levantando de dentro do mar e de todas aquelas praias cujo nome sabia tão bem, desde a pontinha de lá, da Marambaia, com a Barra da Tijuca. São Conrado, Gávea, Vidigal, Leblon, Ipanema...

— No Rio? — disse de novo. — Eu gostaria de ir, mas...

— Não se preocupe com negócio de hotel. Eu tenho um apartamento que não acaba mais, na Praia Vermelha, e a passagem...

— Não — interrompeu Delfino com energia. — Eu não sou rico como você, mas minha passagem eu pago, que diabo.

— Rico! — sorriu o outro. — Rico vou ser daqui a uns dois meses, meu velho, quando o seu Juca Vilanova vai realmente me soltar a grana. Mas então estamos entendidos?

— Estamos.

— Quando é que você vem?

— Quando é que você volta?

— Eu só queria mesmo falar com algum dos amigos em Congonhas, com você, no caso. No resto de Minas já fiz o que tinha de fazer. Amanhã mesmo vou para Belo Horizonte e lá pego o avião do Rio.

— Pois vamos ver — disse Delfino com determinação, a vista perdida entre os profetas do adro da igreja lá fora, trágicos e esverdeados contra o céu azul e nublado, um céu que já lhe parecia o mar coalhado de velas brancas. — Hoje é quarta-feira, não é mesmo? Pois quarta-feira que vem estou lá. Me escreve o endereço aí num pedaço de papel.

No primeiro dia de Rio de Janeiro Delfino Montiel quase se afogou. E não ia se incomodar muito se morresse afogado, não. Ele tinha aprendido a nadar menino ainda no rio das Velhas, na fazendola do seu tio agricultor Dilermando Montiel. Mas a corrente dos rios é honesta e determinada, vai na reta e se disciplina pelas margens. O mar... Ora, quem vai entender o mar? Delfino Montiel largou-se para o mar, na Praia Vermelha, no mesmo dia em que chegara ao Rio. Atravessou a areia e foi entrando no mar numa espécie de exaltação. Queria chorar, com aquela frescura da água azul que lhe envolvia as pernas, queria abraçar e beijar o mar. A primeira onda que lhe veio ao encontro,

Delfino a recebeu de braços abertos. Ela o derrubou numa cascata de areia e de espuma. Delfino bebeu água, muita, mas estava embriagado de mar. Levou com outra onda na cabeça, mas continuou a entrar, começou a nadar, veio na soca outra vez, levantou-se de olhos vermelhos, boca ardida de tanto sal, a cabeça num rodopio, foi novamente embrulhado... Já bracejava meio desorientado, sem saber se estava voltado para a praia, para fora da barra ou para o Pão de Açúcar, quando dois rapazes o puxaram, um a cada braço, e o empurraram para a beira.

Só quando já se achava sentado na areia, arquejante, entre uma súcia de curiosos, é que Delfino Montiel compreendeu que quase tinha morrido afogado. Um dos rapazes que o havia salvo era um latagão simpático, de sorriso brejeiro, que lhe perguntou:

— Você donde é que veio, patrício, de Cabrobó ou Caixa Prego?

— De Congonhas do Campo — respondeu Delfino ingenuamente.

Muita gente riu em torno dele.

— Isto onde é? — perguntou ainda o rapaz.

— Ora, em Minas Gerais.

— Pois se você ainda quer rever Congonhas trate o mar com mais desconfiança.

Novamente houve riso, enquanto os dois rapazes se afastavam, e Delfino notou principalmente o riso de uma menina clarinha e de cabelos castanho-claros, cor de mel. Ele a notou porque a menina não queria exatamente rir, com pena dele que estava, mas sua companheira ria tão à vontade que ela não podia deixar de acompanhá-la até certo ponto.

Pensando que Delfino ainda estivesse mais zonzo do que estava, a pequena do cabelo castanho disse:

— Ele é meio franzino, mas até que é bem simpático, com aquele bigodinho e aqueles olhos grandes.

Delfino tinha ficado de olhos fitos nela, e a foi acompanhando com a vista enquanto a menina entrava no mar. Viu logo que era uma amiga íntima do mar. Viu-a furar uma primeira onda, ligeira e exata como uma agulha mergulhando na dobra azul de um pano. Quando ela se levantou do mergulho o cabelo cor de mel estava preto e grudado ao seu pescoço, preto-esverdeado, como se ela tivesse voltado mais marinha do fundo do mar. O tempo todo Delfino a viu nadar, mergulhar, vir à tona procurando a amiga com os olhos muito abertos, mergulhar outra vez. Um bicho do mar. Delfino nunca soube quanto tempo ficou a admirá-la no banho. Só se lembrava depois que, saindo da água de corpo para frente e braços para trás, vencendo a resistência da corrente que puxava para o fundo, ela lhe parecera uma barquinha aproando na areia, remos recolhidos ao longo dos flancos. Quando a moça ia saindo da praia, sua amiga evidentemente lhe disse que Delfino a estava devorando com os olhos, porque ela de repente se voltou para o seu lado e agora riu com gosto, riu na cara dele, como se estivesse se lembrando do seu quase afogamento. Delfino riu também, e estava iniciado um romance que ia dar em seis filhos.

Todos os frequentadores do apartamento de Adriano Mourão eram ligados a seu Juca Vilanova e todos nutriam por ele o mesmo respeito mesclado de entusiasmo. O principal era o Alfredo, que Adriano detestava mas buscava sempre impressionar. Logo no primeiro dia, quando jantavam, ele, Adriano e o Alfredo, Delfino perguntou com naturalidade:

— Seu Juca Vilanova vem aqui?

Os dois o olharam com a maior estupefação.

— Seu Juca? Aqui? — perguntou o outro.

— Então — emendou Delfino meio sem jeito — nós vamos à casa dele?

— À casa dele só se vai com um convite muito especial, meu caro.

— Então?... Então como é que a gente vê seu Juca Vilanova?

— Ah, isto depende inteiramente dele — disse o outro.

— É claro — reforçou Adriano, como se Delfino tivesse dito uma grande besteira.

Delfino não era homem de maiores orgulhos, mas aquela atitude dos dois lhe pareceu um tanto ofensiva.

— Afinal de contas, vocês já falaram com esse grande homem, não?

— Eu levei muito tempo antes de falar com ele pessoalmente. Só o conhecia pelo telefone — confessou o outro conviva com um ar de falsa humildade.

— Eu sou dos que mais já o viram. Falei com ele três vezes em pessoa — disse Adriano.

— Ué — disse Delfino —, mas vocês não trabalham com ele?

— Não, trabalhamos para ele — disse Adriano. — É muito diferente.

— É muito diferente — concordou o outro, grave.

— Mas que diabo tem esse homem? Ele sofre de alguma moléstia? Vive debaixo de alguma proibição dos médicos?

Adriano Mourão, que no Rio, em companhia dos amigos do Rio, ficava muito diferente e muito besta, tinha dito a Delfino, acendendo um charuto e tomando cuidado de não arrotar, como em Congonhas:

— Você sabe, Delfino, aqui nesta cidade grande você vai encontrar muita gente importante assim como seu Juca Vilanova, gente que não tem tempo para ver os que trabalham para ela. Gente que, a poder de muito dinheiro e muito poder, às vezes fica enjoada de quase todo o mundo. Seu Juca Vilanova é homem de receber assim um ministro de Estado, um capitalista estrangeiro ou (aqui Adriano piscou o olho) alguma bailarina de grande fama ou alguma atriz muito especial.

— E quando ele não está com essa gente extraordinária como é que se arruma?

— Como é que se arruma?

— Sim, o que é que ele faz com o tempo dele?

— Ora, meu caro amigo — disse Alfredo, de quem Delfino gostava cada vez menos —, ainda que não visse mais ninguém, seu Juca Vilanova, grande colecionador de objetos de arte, podia passar o resto da vida vendo os tesouros que acumulou. Garanto-lhe que não se cansaria. Ele só manda para suas outras personalidades, isto é, o leiloeiro etc., aquilo que não quer mais.

— E que *pode* passar adiante — disse Adriano novamente, tirando uma fumaçada com afetação.

— Sim, *quando pode* — disse o outro, sorrindo finamente.

— Que negócio é esse de tanto *pode*? — disse Delfino, já pouco se incomodando de causar boa impressão a Adriano ou ao outro.

— É que às vezes — disse Adriano — seu Juca Vilanova *consegue*, digamos assim, tais preciosidades, tão famosas, que são, digamos... Como dizer, Alfredo? — perguntou ele ao outro.

— Que são intransferíveis, talvez. Ou *incomunicáveis*...

— Incomunicáveis! — exclamou Adriano. — Esplêndido! Bravos!

Delfino, já meio danado com todas aquelas histórias, resolveu bocejar na cara dos dois, em vez de perguntar o que é que queriam dizer com tanta alusão e tanto mistério.

E saiu. Foi para o cais da Urca, ao encontro de Marta. Sim, porque já estava de namoro ferrado com a menina da praia. Ela era tão marinha que Delfino, logo da primeira vez que falou com ela, no banho de mar, perguntou:

— Seu nome é Marina?

— Marina? — perguntou ela espantada. — Marina por quê?

— Nada, eu pensei... E como é o seu nome?

— Marta.

— Ah, eu sabia.

— Você sabia que era Marina, seu mentiroso.

— Eu sabia que tinha alguma coisa que ver com mar.

Marta tinha rido, meio lisonjeada com a maluquice de Delfino, e ele olhou amorosamente seus dentes brancos na pele dourada de sol, o cabelo grosso de água do mar e com estrias louras do sol. Quando ela ria tinha um jeito todo seu de empurrar os ombros para a frente e ele olhava com medo, no peito dela descoberto por esse movimento, a zona branca abaixo da barra do queimado de sol. Era quase com aflição que ele imaginava a inefável existência, na zona branca, dos seios de Marta, pousados abaixo da barra morena.

Uma estrita educação religiosa tinha feito Delfino Montiel dividir violentamente o amor da carne do amor-amor. A criadinha que o desvirginara uma noite, no mato, e a viúva do marceneiro João, com a qual ele tinha dormido durante uns dois meses, era uma coisa. A jovem Luciana, que tinha se casado com o advogado de Montes Claros, a Margarida e a Neuza, eram do amor-amor, um sentimento estranho e adstringente, que lhe dava vontade de chorar em noite de lua. Só à primeira, aquela ingrata que tinha preferido o advogado, Delfino ousara confessar seu amor. Às outras duas não conseguira dizer nada. É verdade que durante bem uma semana tinha pegado na mãozinha da Neuza, mas ficara um tanto perturbado por sentir que aquele contato lhe despertava um desejo carnal. Aquilo era como um pecado. Ele largava a mão da Neuza, infeliz, culpado, e se enterrava com desespero nos lençóis da viúva. No dia seguinte, depois de uma noite em claro nos braços roliços da viúva, ia, olheirudo e compungido, namorar Neuza platonicamente. Ficou espantado quando, apesar disto, ao cabo de uma semana, a Neuza lhe dava o fora.

De Marta ele tinha se aproximado num verdadeiro paroxismo de amor-amor. Ele queria — como quisera com Luciana, Margarida e Neuza — desposar Marta. Mas haviam de chegar ao tálamo nupcial depois de um noivado de pureza. Ele saberia dominar a carne. E ela, ela naturalmente nem pensava em tais coisas. O homem era sempre o perdido, o maldito.

Uma noite, no aniversário de uma amiga de Marta — a Joaninha, que tanto tinha rido dele na praia —, ele teve oportunidade de dançar com Marta. Delfino dançava mal, mas se o samba fosse bem lento ele se arrumava direitinho, sem pisar o pé de ninguém. Disse isto a Marta e ela, marchando direito à vitrola, tinha posto o *Carinhoso* para tocar e viera para ele, de braços abertos. Quando Delfino a enlaçou tinha tido a impressão de um mergulho em mar limpo, perto de pedra. Marta cheirava a iodo e tatuí, Delfino, mão direita mal pousada nas costas dela e mão esquerda mal tocando a mão dela, tinha começado a dançar como se estivesse sobre um assoalho de nuvens. Lá ia ele, lento, vago, desmemoriado, quando ela o encarou:

— Delfino, dança direito!

— Hem?...

— Dança direito, me pega direito, você não está dançando sozinho, não. — E Marta tinha-se aproximado dele decidida, firme, esmagando honestamente os peitos duros contra o peito dele.

A mão de Delfino tinha ido parar-lhe na cintura e seu rosto quase tocara o dela. Ele dançou o *Carinhoso* num fervor, o corpo alegre, o espírito extático. Tinha havido, no seu íntimo, uma fusão qualquer. Amor-amor e amor da carne tinham dado as mãos. Parecia que desabara um muro dentro dele e o jardim das rosas e o dos tinhorões eram um jardim só. Sentiu-se anjo e potro. Tanto era capaz de voar pela janela com Marta nos braços como de se rebolar com ela num pasto úmido de chuva.

Foi naquele dia, saindo da festa e levando-a para casa, que ele a chamara pela primeira vez pelo apelido que passaria a ser o nome dela. Ele tinha dito:

— Mar...
— Mar?...
— É o teu nome agora. A outra sílaba é demais.

Enlaçou-a na amurada e deu-lhe um beijo profundo como os que dava na viúva do marceneiro, mas com uma alegria, uma sensação de triunfo muito maior.

A despedida, quinze dias depois, foi soturna. Delfino Montiel saiu do Rio noivo de Mar, noivo oficial com consentimento de pai e mãe, mas não sabia quando lhe seria possível casar. A família de Mar era modesta, mas mesmo assim o velho Juvenal Ribas tinha seu bom emprego na Caixa Econômica e não queria ver a sua Marta passar necessidades numa lojinha de Congonhas do Campo. Perguntou a Delfino se não tinha uma *chance* de vir trabalhar no Rio e Delfino orgulhosamente anunciou que conhecia — ou ia conhecer — seu Juca Vilanova, mas o velho nunca ouvira falar em tal personagem. Tinha apresentado Adriano ao velho, mas Adriano não causara muito boa impressão, com seu charuto e as maneiras afetadas que cultivava no Rio. Além disto, a família de Marta era muito católica e tinha gostado de ver que Delfino era também católico, e praticante, mas Adriano não só não era religioso como gostava de zombar da religião dos outros. Quando a velha mãe de Marta perguntou a Adriano se ia à missa aos domingos ele respondera:

— Se missa fosse de noite, eu ainda podia tentar, mas de manhã eu vivo de mau humor, minha senhora. Não há quem me ature, nem Deus.

Quanto ao Alfredo, esse positivamente tinha causado péssima impressão ao velho Juvenal. Foi, aliás, com alívio que Delfino viu que ele não seria mais convidado a vir à casa deles, pois Alfredo olhou Marta com olhares tão gulosos que Delfino mal se conteve. Só se conteve porque Marta foi simplesmente de gelo com ele.

O resultado de tudo isto, porém, foi que o velho Juvenal lhe disse um dia:

— Olhe, meu filho, eu faço muito gosto no seu casamento com Marta. Você parece ser um rapaz sério, trabalhador e temente a Deus. Mas eu tenho a impressão de que aqui no Rio você vive em companhia muito abaixo dos seus méritos. Nem vale a pena iniciar sua vida com essa gente. Volte para Congonhas e junte o dinheiro suficiente para comprar uma casinha. Basta isto. Com o que você me diz que a loja herdada de seu pai rende, vocês dois podem começar a vida. Marta é uma menina ótima, que não tem medo de trabalho nenhum. Ela pode ajudar você muito. Mas sem uma base mínima...

— Eu tenho uns 130 contos no banco, seu Juvenal. Tinha uns 140, mas a viagem...

— Isto não é pouco e as casas lá na sua cidade ainda devem ser baratas. Junte o suficiente para dar uma entrada, pelo menos. Quem casa quer casa, como diz o ditado.

— E Marta tem umas joias — disse d. Maria, a mãe.

— Eu já ia falar nisto — disse seu Juvenal, aborrecido como sempre que o interrompiam. — Marta tem umas joias que foram da avó dela. A mãe de Maria — acrescentou depois de um minuto, como se lastimasse que a mãe das joias não fosse a sua. — Se ela se casasse com um homem de posses poderia usá-las. Mas se ela quiser vender as joias pode vendê-las. Eu já mandei fazer a avaliação lá na seção de penhores e valem aí uns 20 contos só no ouro. Vendidas como joias, incluído o trabalho etc., valem talvez uns 40.

— Trinta — disse timidamente d. Maria.

— Não me interrompa, Maria, trinta valiam há três anos.

— E há também a conta-corrente.

— Oh, Senhor, deixe-me falar, Maria, para que não fique tudo confuso — atalhou seu Juvenal. — Eu abri para Marta uma conta-corrente quando ela nasceu e Marta já tem lá 50 contos. Junto com o que você tem e o produto das joias e mais algum dinheiro que você junte, ficam aí uns duzentos e tantos contos. Isto deve garantir pelo menos a entrada para uma casa boa. Se a sua loja dá uns sete contos mensais, como você diz...

Aqui Delfino o interrompeu:

— Seu Juvenal, é bom ter um sogro de boa cabeça para negócios como o senhor tem, e isto vai nos valer de muito, a mim e a Marta. Mas uma coisa eu quero lhe dizer. Ainda que a gente espere um pouco mais para se casar, quero ver se as joias dela não se vendem, não. Afinal de contas, a gente pode ter uma filha e é sempre bom guardar umas coisas assim na família.

A velha Maria fungou:

— Muito bem, meu filho, eu guardei estas joias às vezes com sacrifício.

Juvenal deitou-lhe um olhar dardejante:

— Eu sempre soube prover as necessidades da casa. Acho bom que você queira poupar esse patrimônio — continuou, para Delfino. — Mas no caso precisará economizar mais para comprar a casa. E veja: você não poderá amortizar o restante com mais de uns dois contos por mês e olhe lá. Vêm os filhos, o médico, as despesas inevitáveis.

— Ah — disse Delfino com energia —, agora, querendo casar com sua filha, eu vou dar um novo impulso no negócio. O senhor não imagina como os turistas, principalmente os daqui e de São Paulo, compram esses objetos de pedra-sabão. Com uma despesa muito pequena eu posso aumentar o espaço da loja, posso alugar um menino para vender os objetos na frente da matriz e o problema da casa não é assim tão difícil, não. Meu pai já alugava a mesma loja que eu ainda alugo e morava em cima da loja, no mesmo quarto que ainda é o meu. O proprietário sempre quis vender à gente a casa inteira, mas a gente foi sempre deixando a coisa para o dia seguinte. O senhor sabe, minha mãe morreu logo depois de eu ter nascido, e meu pai, que no princípio da vida de casado tinha alugado uma casinha com quintal, ficou desgostoso e passou a morar nesse quarto. E eu fui ficando também. Mas agora... Agora o senhor vai ver como eu progrido!

E Delfino tinha mesmo acreditado em tudo aquilo, na hora de falar. Tinha inclusive ficado impaciente com Adriano, pelo fato de Adriano ter causado má impressão à família de Marta, e partira para Congonhas pesaroso por deixar ali o seu amor, mas convencido de que em pouco tempo sua sorte mudaria. Adriano que ficasse com seu misterioso Juca Vilanova e seus amigos presunçosos. Ele ia mostrar o que se podia fazer com trabalho, pedra-sabão e amor-amor somado àquele consumidor desejo que sentia por Mar.

Delfino Montiel assustou os amigos com sua fúria de trabalho, ao regressar. O proprietário estava disposto ainda a vender ao filho o que quisera vender ao pai, mas custava agora 250, em lugar de 200 contos, o casarão e seu quintal.

E não era caro, não, pois sua casa ficava num ótimo ponto, bem no centro de Congonhas, dizia, como se Congonhas fosse alguma imensa e espalhada Babilônia, a crescer em torno daquele antigo prédio. O pior é que o velho, farejando em Delfino uma determinação mortal de comprar casa e um novo espírito de empreendimento, dissera logo que fiado, na base das amortizações, preferia não vender, não. Queria o dinheiro ali na mesa, vivo e palpitante. Naquele instante, no entanto, a inconcebível soma de 250 notas de 1.000 cruzeiros não atemorizou Delfino. Ele já tinha instalado o moleque Raimundinho, seu caixeiro na loja, com uma mesa diante do santuário do Senhor Bom Jesus de Matosinhos e tinha encomendado ao Chico Santeiro e ao Argemiro Crissiúma, os escultores, que lhe duplicassem o fornecimento de objetos. Insistissem nos cinzeiros e na santa Ana ensinando Nossa Senhora Menina. O santo Antônio com o Menino Jesus também podia ser feito a granel. E Delfino tinha espanado a loja, limpado as prateleiras, arrumado seus objetos mais artisticamente. Tinha até mandado vir, de uma loja de antiguidades de Ouro Preto, pelo caminho do Gracindo, um armariozinho de porta de vidro, para colocar as peças mais preciosas: imagens guardadas do tempo de seu pai, candelabros e santos já patinados pelo tempo. Só ficava na burra aquela curiosa miniatura do Senhor Bom Jesus de Matosinhos, com os doze profetas no adro, uma obra quase de joalharia e que seu pai dizia que podia ser do próprio Aleijadinho. Que era do século XVIII o velho sempre garantira. Era a peça mais preciosa da loja, e seu rival, o turco Jamil, lá de perto da matriz, já lhe dissera que comprava aquilo até por 30 contos. Trinta contos! Uma joia daquelas!

Todas as noitinhas, terminada a estafante jornada, Delfino Montiel sentava-se para o instante da recompensa: o de escrever a Mar sua carta diária. Enquanto escrevia ele, como todo o mundo que escreve cartas, via a destinatária em sua frente, ou antes, como que no fundo de um túnel, Mar lhe parecia num disco de luz amarela, um vestido branco a brilhar contra a pele queimada, olhos de mel pregados nos seus através das trevas do túnel.

Os resultados de todo aquele esforço, que custara a Delfino um gasto inicial de mais de 1.000 cruzeiros e uma despesa mensal de outro tanto, pelo menos, eram parcos e lentos. A mesa do Raimundinho só rendia aos domingos e as melhorias introduzidas na sua loja tinham forçado o Jamil a espanar também as mercadorias. Raramente a prosperidade marcha tão ligeira quanto o desejo que um moço apaixonado tem de se casar, e no caso de Delfino a desproporção era das grandes.

Ao cabo de quatro meses Delfino estava exausto de esperar. Escreveu a Mar dizendo que não aguentava mais, que ia ao Rio de qualquer maneira, que a vida sem ela era uma irrisão. Mar respondera dando-lhe um conselho sábio: escrevesse ao velho Juvenal. Ele parecia muito duro nas suas imposições, mas era doido pela filha e tinha gostado de Delfino. Mas aqui Delfino cometeu um erro enorme. Depois de rascunhar em vão três cartas ao velho, tinha em lugar disto escrito a d. Maria para que intercedesse por ele e pelo casamento junto ao marido. O pior é que d. Maria, que devia conhecer melhor do que ele a situação, atendera ao pedido, e parece que exibindo a carta de Delfino com certo orgulho. Bastou isto para que o velho se aferrasse sem piedade ao plano inicial, de esperar que Delfino, antes de casar, estivesse morando em casa sua. O proprietário do casarão de Congonhas, por sua vez, sentindo que vendia a casa à vista de qualquer maneira, pois Delfino morria se não a comprasse, fincou pé.

E foi nessa hora de desalento que Adriano Mourão reapareceu inesperadamente. Desta vez tomou quarto no hotel, onde devia ficar uns dois dias. Quando Delfino se espantou de vê-lo de volta ele explicou, no jeito mais acafajestado que adotava em Congonhas e que era muito mais do agrado de Delfino:

— O velho Juca Vilanova está com grandes planos. Ele fica um chato quando dá uma dessas nele. Mas o resultado é de arromba — acrescentou, como arrependido de tratar seu Juca com menos respeito.

— Mas o que é que Congonhas tem que ver com os planos dele? Ele está querendo trazer algum negócio para cá? — perguntou Delfino, o coração batendo de esperança.

Adriano, malandro, sorriu:

— Ele está querendo levar negócios *de* Congonhas — disse, voltando àquela moda que tinha de falar com o Alfredo.
— E você pode estar nessa boca.

— Está querendo comprar alguma coisa aqui?

Adriano fez "psiu" com o indicador sobre os lábios e disse:

— É negócio da zona das imagens, da pedra-sabão, do santo de pau.

Já agora o coração de Delfino batia descompassado. Quis saber mais. Não aguentava mais de vontade de saber. Só de noite, no hotel, é que foi saber. Saber, isto é, do que Adriano e seu Juca Vilanova tinham resolvido que saberia.

E Adriano não foi diretamente ao negócio. Foi diretamente a Marta, aos planos de casamento, e Delfino não se fez de rogado. Contou tudo. Fez mais. Chegou, instado por Adriano, a uma cifra. Para se casar ele precisava pelo menos de 50 contos. Na realidade, contando com a venda das joias, ele precisava de apenas 30 contos para chegar aos 250 do velho dono do prédio. Mas com 50, disse ele, não precisava vender todas as joias. E tinha mais. Uma vez com a bolada na mão, o dinheiro estalando em notas novas, tinha certeza de que o velho usurário dono da casa deixava o prédio por um pouco menos. Assim, com os 50 contos que arranjasse não precisava nem de tocar nas joias de Mar. Tinha ainda dito a Adriano, resumindo tudo:

— Eu sei que 50 contos a gente não ganha assim de uma vez, mas desde que eu veja como ganhá-los, num tempo razoável, o resto se atura.

— Pois olhe, Fininho — disse Adriano, curvando-se sobre a mesa do hotel e colocando a mão sobre o braço de Delfino —, você pode ganhar essa grana de uma vez só. Eu mesmo posso lhe entregar as 50 notas.

Aí, como Delfino disse tantas vezes mais tarde a si mesmo, ele devia ter se levantado, ter tapado os ouvidos, ter ido embora. Devia ter dito: "Fininho é a mãe, que ninguém me chama mais disto desde que você fugiu da casa do açougueiro seu pai. Vá para o diabo que o carregue com essa conversa de 50 contos. Que é que eu posso fazer que valha 50 contos de uma vez, seu cachorro? Eu só valho porque a Mar vai casar comigo, mas ela há de casar com um homem limpo, sabe? Vá lamber as solas do seu Juca, seu safado do inferno." Isto é que ele devia ter dito. Mas não tinha dito. Ficou esperando a proposta.

— O negócio é o seguinte, Fininho. Você se lembra do que eu e o Alfredo estávamos conversando uma noite lá no meu apartamento sobre obras de arte que seu Juca tem e que são *intransferíveis*?

— Lembro sim.

— Pois é que o velho Juca Vilanova tem suas manias. Ele gosta de ter em casa obras de arte famosas mesmo, sabe? Coisas que não estão à venda. Não é por causa do preço não, longe disso. É que não estão mesmo à venda, por dinheiro nenhum, feito quadro de museu, estátua de praça, coisas assim...

— Mas... mas como é que ele se arruma? — tinha perguntado Delfino, sentindo-se ignóbil.

— Ah, aí é que são elas. Seu Juca Vilanova — disse Adriano, pondo no rosto uma seriedade que não lhe assentava de todo — sabe o valor do trabalho. Ele consegue essas coisas porque atribui ao trabalho dos outros um preço verdadeiramente justo.

— Um preço assim como 50 contos?

Adriano ficou perplexo um momento com a pergunta cínica de Delfino. Seria cinismo ou candura do seu simplório amigo? Mas a cara de Delfino era impenetrável. Delfino tinha perguntado aquilo já de raiva de si mesmo, sabendo muito bem que estava metendo a perna numa arapuca.

— Em alguns casos, realmente, seu Juca Vilanova nem faz preço para o trabalho que pede. Espera que lhe digam o preço, que lhe comuniquem um anseio...

"Anseio!", pensou Delfino, "Adriano falando em anseio." Aquilo era coisa decorada. E Delfino, impaciente, detestando aquele meio de ganhar o dinheiro de que precisava, mas sabendo que iria até o fim, precipitou a conversa, precipitou o destino como um danado correndo aos braços da sua danação.

— Quer dizer que seu Juca Vilanova gosta é de quadro de museu, estátua de praça...

— Sim — disse Adriano, começando a falar franco —, quadro de museu, imagem de altar, santo de sacristia, coisas famosas, consagradas...

— Coisas de que todos gostam e que estão em lugares públicos ele gosta de levar para a sua sala de visitas.

— Isto mesmo — disse o outro, dando uma palmada na coxa e rindo —, você exprimiu a coisa muito bem. Só que são *salas* e *salas* de visitas e só que muito poucas são as visitas que podem entrar em tais salas.

— Senão alguma podia avisar a polícia — disse Delfino, que pareceu ao outro brutal, mas que apenas dizia aquelas coisas como para se castigar por estar falando nelas.

— Espere aí, velhinho, seu Juca Vilanova é um homem respeitável. A polícia do Rio o considera muito. Ele tem excelentes amigos na corporação. Ele só mostra aqueles tesouros a pouca gente porque acha imoral essa história de multidões devorarem com os olhos grandes obras que os artistas fizeram no silêncio e na meditação. Ele diz que é uma prostituição. Além disso, naturalmente, algum visitante podia se escandalizar vendo lá alguma obra famosa e...

— ...e desaparecida...

— Sim... E podia...

— ...pôr a boca no mundo.

— É verdade — disse Adriano, um tanto inquieto com a atitude enigmática do amigo. — Mas se você conhecesse seu Juca Vilanova você veria que é um homem excepcional e que faz o que faz com a maior pureza de intenções.

— O diabo é que ninguém o conhece.

— Eu o conheço.

— Você o viu três vezes em sei lá quantos anos. Mas você já viu essas tais obras de arte que ele tem?

— Eu... Quer dizer...

— Quer dizer que não viu. A quem é que ele vende essas coisas?

— Vende?! Não diga isto.

— Vende ou vai vender. Que é que acontece quando ele morrer? Tudo isto vai ser encontrado.

"E o que é que eu tenho com isto", dizia ao mesmo tempo Delfino a si mesmo. "Provavelmente ainda que eu denunciasse seu Juca Vilanova à polícia ninguém me acreditaria, mas era o que eu devia fazer. E de qualquer maneira eu não devia estar aqui falando calmamente nestas coisas."

— Ah — já respondia Adriano —, me disse um dos homens mais chegados a seu Juca Vilanova que ele pretende doar seu grande museu para o mundo ver que homem de gosto ele foi.

— Doar a quem?

— Ah, isto ele ainda não sabe. Ou doa, ou constrói um templo para expor essas obras a um número restrito de pessoas.

— E como é que eu posso contribuir?

— Contribuir? Como? — perguntou Adriano ainda desconfiado.

— Contribuir para o museu. Ganhar 50 contos.

— Escute, Fininho, eu sei que você nunca faria uma coisa contra a sua consciência.

— Mentiroso — disse Delfino, ameaçando-o com o indicador, como se falasse a um menino travesso.

Adriano olhou-o, verdadeiramente estupefato agora.

— Estou brincando — disse Delfino, sério. — Mas vamos à história.

— Se você realmente prefere não falar no assunto, diga logo — falou Adriano. — Com o Clorivaldo e o Demóstenes nem toquei na coisa. E você foi aprovado em cheio por seu Juca.

— Eu? Mas seu Juca nunca me viu!

— É o que você pensa. Viu você em mais de uma oportunidade, no Rio, e achou que você era o nosso homem para Congonhas.

— Vamos ao assunto, meu velho — disse Delfino, incrédulo, dando de ombros. — Eu preciso dos 50 contos que não é vida.

— Escute bem, Fininho. É pouca coisa que nós queremos dos seus conhecimentos aqui. Seu Juca prefere sempre empregar elementos locais para seu trabalho, desde que saiba que são pessoas de confiança e que simpatize com elas, como foi o seu caso. Ele gostaria muito de incluir na sua coleção aquela Nossa Senhora da Conceição, do Aleijadinho.

— Qual é?

— Ora — disse Adriano, com seu ar superior —, aquela madona de madeira que mestre Ataíde coloriu para o Aleijadinho. Está exposta na capela dos Milagres e estes dias anda coberta por seu pano roxo...

— Não tenho muita lembrança.

— E não precisa. Olhe, na Sexta-feira Santa, de noitinha, a Procissão do Enterro vai sair do Senhor Bom Jesus de Matosinhos. A igreja vai ficar cheia e a capela dos Milagres vazia. Ninguém vai levar velas e promessas à capela ao lado quando o Senhor Morto está saindo em procissão da igreja. Você só tem que entrar lá, meter a mão por baixo do pano roxo, retirar a Nossa Senhora e colocá-la aqui.

De um envelope grande, de papel pardo, Adriano retirou uma saca de lona escura, de boca fechada por uma cordinha. Adriano prosseguiu:

— A hora da procissão é a melhor. O... o desaparecimento da Nossa Senhora não vai ser notado por ninguém. Só no dia seguinte.

— E depois de tirada a Nossa Senhora?

— Passe pela estação da estrada de ferro. Lá você verá as vasilhas de alumínio do leite que vai ser embarcado. Todas as encostadas no muro estão vazias. Ponha o saco de lona dentro de uma delas.

— É só isto?

— Só. No trem nós cuidamos do resto.

— E os 50 contos?

— Bem — Adriano sorriu —, assim também não. Precisamos de mais um favorzinho seu. Mas este não é nada, é só me descobrir um meio de me deixar tirar uma fotografia na primeira capela dos Passos.

— A da Ceia?

— Sim.

— Uma fotografia?...

— É, não se pode tirar fotografias nas capelas dos Passos — disse Adriano. — Quer dizer, não pode, não pode uma conversa, que a gente vê retratos das estátuas nos livros, mas é preciso uma permissão especial do padre e não sei que mais. Eu preciso de uma fotografia boa de uma das estátuas. E não quero pedir permissão. As fotografias que a gente encontra por aí não servem.

— Não servem para quê?

— Ah, meu velho, isto eu não sei. Só sei que seu Juca Vilanova meteu na cabeça que quer umas boas fotografias da estátua e acabou-se. Quando ele cisma, o melhor é não discutir. E nem foi a mim que ele disse isto — acrescentou Adriano com rancor —, foi ao cretino do Alfredo.

— Alfredo conseguiu ver o grande homem?

— Conseguiu, mas à custa de muita humilhação. Eu não aturava aquelas coisas, não.

— Mas agora é ele quem recebe as ordens de seu Juca Vilanova?

— As *ordens* não, olhe lá. Foi só desta vez que ele me mandou recado pelo Alfredo. E pode ser que o Alfredo tenha recebido o recado de outra pessoa...

— E qual é a estátua que seu Juca Vilanova quer fotografar?

— A de Judas.

— Só a de Judas?

— Só.

— Ué! Que foi que deu nele?

— Ainda bem que ele não pediu a estátua inteira, velhinho. Ela é das grandes, não é?

— Não me lembro bem qual é, mas todas são grandes nas capelas dos Passos.

— O negócio — prosseguiu Adriano — é que eu já estive lá olhando pelas grades da primeira capela e não dá para fotografar, não. O padre... como é que ele se chama?

— Padre Estêvão.

— Pois esse tal não gosta nada de emprestar a chave a uma pessoa só. Elas ficam lá num gavetão da sacristia, as chaves. Você, que é conhecido por aqui, podia me pegar o molho das chaves quando o padre estiver dormindo a sesta. Ele dorme todos os dias umas boas duas horas. Em vinte minutos a gente tira as chaves, fotografa o velho Iscariotes e põe as chaves de volta na cômoda da sacristia.

— E o negócio é só mesmo tirar o retrato?

— Escute, Fininho, negócio comigo e com seu Juca Vilanova é feito jogo do bicho: não se passa recibo, mas não se tapeia, não se dá beiço e nem se passa ninguém para trás. Você leva vinte e cinco pacotes quando eu tiver batido a fotografia e os outros vinte e cinco quando voltar da estação depois de botar o *leite* na vasilha. Nós somos da honestidade.

Delfino Montiel durante todo o tempo da conversa se dissera as piores coisas, chamara-se todos os nomes, perguntara-se como um homem honesto até aquele instante podia de súbito aceitar a incumbência de um roubo como se fosse uma encomenda de cinzeiros de pedra-sabão. O fato, porém, é que durante todo o tempo tivera a certeza de que ia aceitar a vergonhosa proposta. E ia aceitar por causa daquela que jamais aceitaria uma torpeza assim — Mar. Durante todo o tempo em que Adriano falava e ele respondia mais ou menos automaticamente, Delfino via Marta presente diante dos seus olhos como quando lhe escrevia cartas. Via Marta cintilando no fundo do túnel, menor do que ao natural, mas espantosamente nítida, os olhos de mel, os cabelos onde o sol ficava preso, os dentes brancos, certos, um pouco separados, e aquele tique de encolher os ombros para a frente a sugerir a geografia da parte irrevelada, não queimada, do seu corpo. Via Marta tranquila, trabalhando no enxoval, sabendo que o casamento vinha e disposta a esperar indefinidamente. Sim, porque, no ritmo em que ele ia, o casório podia vir, mas só dentro de uns cinco anos. "Cinco anos passam depressa" — ele quase ouvia a voz daquela Marta em miniatura lhe dizer. Mas isto era mais do que ele podia aguentar. Cinco anos sem Marta, Marta na sua vida, na sua mesa de almoço, na sua cama de noite, isto não podia ser. Sua última carta a ela sobre o assunto tinha sido angustiada. Ele bem tinha pedido a Marta que desrespeitasse as exigências do pai, que se casassem logo, ainda que o aborrecessem um pouco. Depois a casa viria. Ele não podia esperar mais. E como das outras vezes, quando ele já quase sugerira a mesma coisa e até chegara a esboçar a ideia de que, caso o velho Juvenal Ribas fincasse pé, deviam fugir para casar-se e confrontá-lo com o fato consumado, como das outras vezes a carta viera como a própria Mar falando: harmoniosa, ensolarada, otimista, mas com uma certa capacidade de resolução que passava dos limites normais. Que ia, mesmo, às raias de uma cólera insuspeitada. Em pessoa e em cartas, Delfino observara, sua doce Mar podia de súbito endurecer em rocha. No dia em que escrevera a d. Maria em lugar de escrever a seu Juvenal ele recebera da noiva uma carta gélida e dura, que o mergulhara no maior espanto. Agora, de novo, sua recusa em termos indiscutíveis. O pai tinha razão, dizia ela. Se se casassem com a preocupação de comprar a casa depois, que dinheiro teriam para os filhos, para as coisas inesperadas, que sempre acontecem, para os gastos inevitáveis? O tempo passa depressa, o dinheiro dela na Caixa estava rendendo, o lucro mensal dele estava aumentando. Mas a carta terminava até bem amável e amorosa, pensava Delfino.

E aqui, relembrando os termos da carta, Delfino estacou de súbito, assombrado. Para ser honesto, honesto de fato consigo mesmo, ele não devia dizer que o trecho subitamente relembrado da carta é que reforçara sua decisão de fazer tudo o que lhe propunha Adriano. Mas era curioso lembrar que nessa última carta a sua Mar lhe dissera — e Delfino, andando pela rua, via, escrita diante dos seus olhos, a frase incrível — no fim: "Fique tranquilo, que Nossa Senhora da Conceição nos ajudará. Ela é a minha madrinha de batismo. Faça como eu faço: entregue o problema à minha madrinha. Ela ainda não me falhou."

Delfino sentiu um arrepio. "Nossa Senhora da Conceição nos ajudará. Ela ainda não me falhou." Não estaria Nossa Senhora lhe dizendo assim, por intermédio da carta, que queria efetivamente ajudar a afilhada? Não estaria dizendo a Delfino que roubasse sem susto a imagem que dela tinha feito o Aleijadinho?

2

Na saleta da sua casinha ao pé do santuário, padre Estêvão, comida a goiabada, sorvido o café, tinha iniciado, com a palitação dos dentes, o balanço diário que dava em suas coisas. Uma semana cansativa aquela. Eram missas complicadas, procissões, ofícios. A Procissão do Encontro, no Domingo de Ramos, não tinha sido lá esse sucesso. Ele sabia que d. Emerenciana já estava com a voz de soprano muito fatigada. Ela começara ligeiro, passara a soprano muito lírico e agora se dizia contralto, mas na realidade estava positivamente um barítono, um barítono de vestido azul, longo xale branco e peruca loura. Afinal de contas, o Encontro de Ramos era entre Jesus chegado a Jerusalém e Sua Mãe. Por que se havia de ter a Madalena a cantar quando a Madalena era d. Emerenciana? Ele devia ter falado francamente a d. Emerenciana. Afinal de contas, ela vinha representando a Madalena no Encontro há sabe Deus quantos mil anos e o tempo passa inexorável pelas cabeleiras e pela laringe dos sopranos. Mas como se há de dizer tal coisa a alguém que não desconfia, que não entrega os pontos nem ao tempo, nem a Deus, nem a nada? Na Procissão do Enterro, de Sexta-feira Maior, não ia haver Madalena nenhuma, ah, isto é que não. Nem Maria Madalena, nem Maria Mãe de Jesus, nem Maria mulher de Cleofas. E a Emerenciana achando que garantia sua presença em procissões arranjando-lhe estopadas, como a de seu almoço dos sessenta anos! Aos cinquenta anos ele ainda tinha compreendido a homenagem. Ainda tinha planos aos cinquenta. Mas agora... Deus lhe perdoasse, mas via tudo tão vago na frente, tão profundamente maçante e sem importância, tão emerencianamente caducado. Até a ideia da morte já lhe era indiferente, agora que não tinha mais planos. Ele devia, devia ter ido para o interior do país catequizar os índios. Como explicar a si mesmo a teia sutil de circunstâncias válidas e omissões, e principalmente adiamentos, que acabara por imobilizá-lo em Congonhas do Campo à espera de uma morte da qual se desinteressava por completo? Tantas vezes se tinha visto morto de sede, de febre, de flecha à beira de um grande rio, cercado da grande floresta, tantas vezes garantira a si mesmo que ia morrer de facão na cinta e crucifixo na mão, ou num grande naufrágio em rio grosso, ou até amarrado num poste e crivado de flechas, que a ideia de morrer nos lençóis de algodão lavados pela preta Malvina era-lhe menos que repugnante: indiferente. Sempre tinha tido a convicção de que Deus não tolerava indiferença. Pecado era melhor que desinteresse, crime melhor do que tédio. Isso de tanto faz como tanto fez era pecar diretamente contra o Espírito Santo. E ele agora tinha indiferença pela morte, que, afinal de contas, é a coroa que se põe na cabeça da vida, a própria solução de tudo. Grandes iras e torvas desobediências podem levar a gente a se chamuscar no próprio fogaréu do inferno, mas engendram em si mesmas os grandes remorsos que sacodem as criaturas como os vendavais sacodem as árvores na floresta, e há qualquer coisa de grande em precisar um cristão de ser sacudido pela cólera de

Deus para não se perder de todo no furioso nada da danação sem remédio. E agora ele estava chegado ao momento em que não tinha mais vontade de pecar. Mal reconhecia a sua carne, que outrora lhe custava tanto dominar e que o forçava a viajar léguas para poder jazer com mulher sem que se soubesse, que o levava a varar campos e montes em lombo de burro para no fim do estirão encontrar às vezes, oh, que feias e sornas mulheres que mesmo antes do pecado já se assemelhavam ao negro arrependimento e que *post coitum* lhe davam um arrepio de horror. Mas como senão assim evitar os terríveis desejos que o assaltavam no confessionário ao ouvir o relato feito por tanta boca ardente que parecia fazer da confissão dos pecados do leito uma espécie de asterisco dos atos relatados. Horrível e triste aquela luta de meio século contra a luxúria. Ele passara mesmo a crer na existência das súcubas e durante anos tinha sido dominado pela mesma súcuba que se vinha espojar em sua rede e que o possuía, a despeito das resistências que mesmo adormecido ele lhe opunha. A súcuba de azeitados cabelos negros grudados à cabeça e imensas argolas de ouro nas orelhas que se lhe colava ao peito e às pernas como túnica de sanguessugas e o deixava exausto, olhos perdidos no fundo das olheiras. Mas agora aqueles fogos estavam rasos e quase extintos, a carne estava bastante aplacada. O que não tinha vindo nos retesados e doloridos músculos da virtude chegava escarranchado no dorso do tempo, o que não jorrara outrora do centro ardente da sua força de vontade arrefecia hoje sua vida com uma lívida fatalidade sazonal de inverno. O incêndio que não tinha sabido extinguir morria agora por não mais encontrar que consumir e lhe dava a convicção melancólica de que seu ardor missionário e seu ardor sexual eram aspectos gêmeos da mesma virilidade que se acabava, fato que d. Emerenciana achava que devia comemorar com um almoço de beatas. Agora era fácil ver que todas as grandes ações eram fagulhas a brotar do atrito do espírito que brada *non possumus* à carne alegre e cega e agora muitas frases dos Evangelhos, que outrora eram-lhe opacas à vista como pedras na estrada, fulguravam lapidadas como joias pela sabedoria dos anos: apenas agora não havia mais atrito e as gemas ele as via do alto da montanha fria. Virilidade e espiritualidade não passavam de galhos que sugam sustento do mesmo tubérculo a inchar na terra fresca e escura. E era isto que d. Emerenciana queria ratificar com tutu-tropeiro e vinho verde.

Pela janela aberta padre Estêvão via o adro do seu santuário do Bom Jesus e pensava. Parece que o Aleijadinho era bem velho quando fez esses profetas de pedra-sabão tão sofridos e vividos, mas ele fez estátuas a vida inteira. Elas foram sua catequese, sua flecha, seu rio febrento, e por isto guardou o segredo de fazê-las vivas quando ele mesmo já se arrastava pelas ruas meio morto. É preciso não deixar nunca secar na rocha a mina das águas vivas, não deixar cicatrizar a moleira, a ferida jubilosa e que devemos manter aberta e sangrando a poder de não importa que dor, que dreno, pois do contrário é isto: estes sessenta anos sem profetas, toda a pedra-sabão endurecida num bolo informe e o penedo áspero e seco sem fonte, sem nada. E que consolo? Só a lembrança de umas duas passáveis ai meu Deus me perdoe a caboclinha de Vespasiano ainda hoje mas afinal de contas nem indícios nem aqueles heroísmos e no mais o diabo as carregue que as fez assim tortas e apesar de tudo até do púlpito as carinhas engastadas na multidão que digo do altar

Santo Cristo a gente por mais que faça e depois a confissão como indução tive vontade de escrever mas naturalmente heresia por heresia era melhor Marilena e a que vinha buscar a trouxa como se chamava ela se balançava como se fosse acanhadíssima a grande safada ora como se vai viver sem no tempo em que o pior é a distração que não deixa a gente pensar até o fim num mistério numa coisa impenetrável e portanto fazer correr a água de novo mas que correr de quem quando tudo impele amai-vos-uns-aos-outros em sentido chocarreiro aí está a distração nem um momento de concentração trá-lá-lá de polcas naquele casamento ora há tanto e tanto tempo e o Delfino subindo a rua para lá não para cá logo na hora da minha sesta que será mas ele vai logo ou sei lá se na hora mesmo...

— Bom dia, Delfino.

— Como vai, padre Estêvão?

— Vai-se indo, meu filho. E você? Como vai a venda que o Raimundinho está fazendo aí na porta do santuário?

— Mais ou menos, sim senhor.

— Mas o que é que há?

— Padre Estêvão, será que o senhor podia me emprestar a chave lá da capela do Primeiro Passo?

— Estão todas juntas você sabe onde, na cômoda da sacristia. Apanhe o molho lá. É para mostrar a alguém?

— É, um amigo de fora...

— Ele só quer ver a Ceia?

— Só. Está tudo pronto para a Procissão do Enterro?

— Está sim, e vai ser muito bonita este ano — disse o padre Estêvão mecanicamente, sabendo muito bem que ia ser igualzinha.

— Semana pesada esta Semana Santa, não é, padre Estêvão?

— Pesada, meu filho? Pesada foi a cruz de Nosso Senhor, pesada foi a Sua coroa de espinhos.

— É claro, padre Estêvão. Eu só quis dizer que o senhor tem que trabalhar muito. E hoje o senhor ainda tem o Lava-Pés, mais tarde.

— É verdade — disse padre Estêvão, que pensou em recomendar novamente ao Pedro Sacristão que chamasse a Malvina para ajudá-lo a lavar bem os pés dos pobres antes do Lava-Pés propriamente dito.

— Está bem, padre Estêvão — disse Delfino. — Boa sesta. O Pedro está lá na sacristia. Eu peço as chaves a ele e depois as entrego de volta.

Por ter visto de longe o Pedro na sacristia é que Delfino tinha ido primeiro falar com padre Estêvão. O Pedro era perguntador e mexeriqueiro. Delfino preferia dar uma ordem de padre Estêvão a falar diretamente com o mulato Pedro, com aquelas pernas aleijadas armadas em X dos joelhos para baixo e aquele jeito de não encarar ninguém. Pedro andava humilde agora, envergonhado de ser amado pela Lola Boba, uma dessas bobas de estrada que homem decente respeita. Mesmo porque são tão sujas. Mas Pedro tinha lhe tirado os três e a Lola agora vivia atrás dele, boca meio aberta, sorrindo... Mas, apesar de o sacristão andar meio escabreado, Delfino preferia evitar encrenca com ele. Delfino subiu a escadaria do santuário e o flanqueou pela direita, passando pela cruz que Feliciano Mendes carregava pelas ruas de Congonhas quando angariava esmolas para construir a igreja. Quando chegou à sacristia, Pedro dobrava umas pesadas estolas de Quaresma, que ia depositando sobre uma pilha de paramentos, no último gavetão da grande cômoda.

— Bom dia, seu Pedro — disse Delfino ao chegar à sacristia.

— Bom dia, seu Delfino — disse o sacristão sem se voltar, identificando como se fosse um cego de nascença a voz do outro, que pouco ouvia.

— Seu Pedro, eu estava ali com o padre Estêvão e ele me autorizou a pegar aqui com vosmicê as chaves dos Passos.

— Gaveta da direita, lá na ponta da cômoda. Embaixo dessa dalmática velha.

— Obrigado — disse Delfino, marchando para a tal gaveta e espantado com o fato de o sacristão não fazer perguntas.

Mas a pergunta veio logo:

— E como vai a noiva lá no Rio... como é mesmo que ela se chama?

— Marta. Marta Ribas. Vai bem — disse Delfino.

— Vai fazer a via-sacra sozinho? É promessa? — indagou o sacristão.

— Não, é um conhecido meu de Ouro Preto, do negócio de pedra-sabão também, que está por aqui de passagem e quer ter uma ideia dos Passos.

Adriano tinha recomendado que em nenhuma hipótese dissesse Delfino que ele vinha do Rio ou de mais longe que Ouro Preto. Para que não pudessem ligar os dois, mais tarde, a qualquer ideia do roubo que se ia perpetrar. Mas quase se arrependeu da mentira pregada a Pedro, que conhecia Adriano de outros tempos.

— Se fosse promessa, tem ali no oitão a cruz do Feliciano Mendes — disse o sacristão. — Há duzentos anos ele baixava e subia essas ladeiras com aquele lenho nas costas, assinzinho como o nosso Salvador. Há que tempo que a cruz está ali pegando poeira.

Delfino teve ganas de perguntar, bruto: "Como vai a Lola Boba?" Mas conteve-se. Perguntou:

— Vou dar a ideia ao padre Estêvão, seu Pedro. É um bom trabalho para sacristão, não lhe parece, carregar a cruz por aí na Semana Santa?

Pedro sorriu amarelo, reconhecendo que o outro tivera a última palavra. Delfino saiu, com as chaves, desceu as escadas do santuário e foi ao hotel pegar Adriano. Pedro, por sua vez, minutos depois saía da sacristia pelo lado da igreja, entre esta e a capela dos Milagres, e, tomando cuidado de ser visto o menos possível, desceu a rampa dos Passos por trás das capelas e ficou espreitando. Alguns minutos depois viu Delfino e Adriano descendo também o caminho de pedra entre os gramados laterais. Reconheceu o filho de Manuel Magarefe naquele pelintra à primeira vista. Que estava fazendo ali aquela peste que tinha matado o pai de desgosto? O sacristão tinha-se escondido exatamente por trás da capela que mais fronteira fica à da Ceia, primeira dos Passos. Nesta só entrou Adriano Mourão. Ficou de fora o pulha metido a importante só porque tinha noiva no Rio. Por que é que o Delfino não tinha entrado?... Ao contrário estava plantado diante do portão, disfarçando como podia, a olhar o céu e as plantinhas em torno da capela, mas evidentemente de guarda ali. Que seria? Como a responder ao sacristão, um relâmpago lívido iluminou a capela da Ceia. Depois outro. E afinal mais outro e ainda outro. Quatro flashes, quatro fotografias. Ah, então era isto. O santinho do Delfino que gostava de falar com todo o mundo, que prosava tanto com o padre Estêvão! Ele ia esperar que fotografassem os Passos todos e depois ia contar ao padre Estêvão. Mas padre Estêvão era um tamanho palerma, sempre disposto a desculpar os outros, que era capaz de nem acreditar na sua história. Aliás, a história só ia servir mesmo para desmoralizar *a per omnia saecula saeculorum* aquele Delfino de uma figa. A proibição de fotografar os Passos era para evitar excessos, principalmente durante a Quaresma. Mas qualquer pedido sério endereçado a padre Estêvão era atendido. Naturalmente aquele amigo de Delfino não queria perder tempo e o Delfino-bom-moço tinha ido lá pedir as chaves ao padre. Por isto é que ele, Pedro, não dava nada a ninguém sem antes submeter o sujeito a uma sabatina. Gente era coisa ruim mesmo.

Estava ele acocorado atrás da sua capela e convencido de que ainda havia pelo menos uma fotografia por cada um dos Passos, quando viu Delfino e seu companheiro simplesmente partirem, depois de trancado o Passo da Ceia. Então era só aqui? O homem só queria aquilo? Mau. Quase não havia nada a denunciar a padre Estêvão. Ao mesmo tempo, havia ali qualquer coisa estranha, isto havia... Mas precisava correr! Dentro de pouco tempo o Delfino estaria de volta com as chaves. Capengando por trás das capelas, Pedro chegou lá a tempo de esperar Delfino um momento. E de receber as chaves. Não disse nada, apesar de ter na boca inúmeras perguntas feitinhas e que lhe queimavam as bochechas por dentro.

Quando Delfino partiu, o sacristão voltou ao Passo da Ceia, imerso em conjeturas. Abriu a grade da capela e olhou a Ceia familiar: Cristo no fundo, a mão direita erguida em bênção sobre o pão e vinho, as estátuas dos Apóstolos ao redor da mesa, tudo como sempre. Ou talvez não. Logo na entrada, à direita, a estátua de Judas estava de costas para a mesa — mas isto acontecia. Soltas e relativamente leves, as estátuas se desarrumavam com frequência. Automaticamente, Pedro voltou de novo para a mesa da Ceia o Traidor, em cuja convulsa mão esquerda o Aleijadinho meteu a sacola dos 30 dinheiros. Retorcido, contrafeito, como se a hediondez interna lhe alterasse até a estrutura física, o Iscariotes, seus olhos imensos cravados no chão para evitar o alumbrado olhar do Mestre que ia designar com um beijo aos soldados de César, teve uma vez mais que enfrentar o cenáculo.

Pedro Sacristão resolveu não dizer nada, por enquanto, a padre Estêvão. O que havia era muito pouco, quase nada. Ao se confessar da próxima vez, o próprio Delfino era capaz de contar aquilo a padre Estêvão. Por outro lado, dali poderia sair algo de mais interessante, quem sabe? Mais valia entesourar aquela moedinha um tanto misteriosa do que, gastando-a, deter talvez a marcha de melhores coisas. E voltou às suas alvas e aos seus tocheiros. Mesmo porque ao longe, vinda lá de baixo, aparecia defronte do hotel a Lola Boba, procurando-o... O impulso de Pedro foi abaixar-se, pegar uma pedra e atirá-la na Boba. Cadela de estrada! Ainda havia de se livrar daquela cachorra!

O que Pedro Sacristão jamais saberia é que efetivamente ali quase Delfino se havia detido, ali, no início de tudo. Chegara mesmo a dizer a Adriano Mourão que não ia mais roubar a Nossa Senhora da Conceição da capela dos Milagres e que nem queria mais os 25 contos que já tinha ganhado por levar Adriano à capela da Ceia. Tudo isto porque Adriano, sempre tão frio e tão controlado, saíra do Passo da Ceia muito inquieto e muito pálido. Afinal de contas, ele tinha apenas fotografado uma estátua. O fato da proibição era muito ligeiro, Adriano não era dessas coisas. Quem dera a ele, Delfino, o cinismo do outro, que sempre se arranjava tão bem na vida! Mas por que tinha saído de lá tão pálido e desfeito? Delfino só tinha visto as portuguesas faces do amigo pálidas uma vez, no dia da famosa surra que lhe aplicara o pai. Mas naquele dia Adriano tinha ficado branco de cólera, visivelmente de cólera. Agora era uma brancura diferente, uma brancura de terror.

— Que é que você tem, Adriano? — perguntara Delfino depois de trancar a porta da capela.

— Me deixe em paz — respondeu o outro, seco.

— Ué, gente, você... você viu fantasma lá dentro? — gracejou Delfino.

— Quase.

— Não foi efeito da luz assim entre as estátuas?... Deve ter sido. O que você viu foi provavelmente a luz batendo numa cara e...

— Ora — disse o outro, impaciente —, eu nunca tive medo de luzes nem de assombração. Não foi efeito de coisa nenhuma. Foi só o que você disse em último lugar.

Fez uma pausa e olhou Delfino.

— Foi a cara.

E não quis dizer mais nada. Foi preciso que Delfino, com medo e também com raiva, quisesse seriamente desfazer o negócio para Adriano recuperar suas boas cores e seu jeitão animado de sempre. Delfino tinha dito:

— Olha aqui, Adriano, isto foi um aviso. Você guarde o seu dinheiro e eu guardo a minha boa consciência.

— Veja lá, Fininho — disse o outro, sentindo que aquilo era uma crise séria —, você já não está com a consciência tão pura assim, não. Olhe as chaves que você pediu ao padre Estêvão sem dizer que era para tirar retrato.

— Você podia me entregar o filme — disse Delfino, sem muita convicção.

— Podia, mas não entrego, como você sabe muito bem. Em lugar disto, meu prezado sr. Delfino Montiel, vou passar-lhe uma coleção de notas de mil cruzeiros, por serviços prestados, e bem prestados.

Se lhe davam 25 contos por um servicinho reconhecidamente ligeiro e um pecado sabidamente venial é que algo de mais sinistro devia haver em tudo aquilo. Era um pecado venial à superfície. Mas que se há de fazer? Delfino tinha resolvido, de início, que não recusava aquele dinheiro, que não abria mão do casamento imediato com Mar. Depois, dizia-se ele, depois ia rezar muito. Depois confessava tudo a padre Estêvão. Depois fazia promessas de arrombar o céu com sua piedade e sua vida exemplar. O que ele realmente queria, dizia Delfino, fervoroso, a si mesmo, mas para ser ouvido de Deus, o que ele queria era apenas o dinheiro suficiente para ser honesto. Ele tinha sido sempre um homem de bons sentimentos e muito morigerado. Agora, com sua paixão por Mar, sentia-se rebelde, disposto aos piores horrores. Que melhor podia fazer por sua alma do que resolver, antes de mais nada, o problema? Com esse impecável raciocínio formulado em benefício de Deus, Delfino estendeu uma destra firme às notas de conto de réis que lhe passava

Adriano. Meteu-as no bolso. Chegado em casa, ia botá-las com cuidado no cofre, para depois levá-las ao banco em Belo Horizonte.

— Até logo, Adriano — tinha ele dito ao amigo com uma voz firme e uma atitude triunfante, que aliás não lhe assentava nada, de homem além do bem e do mal.

— Muito bem! — exclamara o outro, divertido com a maneira de Delfino. — Assim é que eu gosto de ver. Quem manda em você é você mesmo, e não fantasmas.

— Ou caras e caratonhas — disse Delfino, acertando pelo menos esta, pois pelo rosto de Adriano perpassou de novo aquele estranho terror de quando saía do Passo da Ceia.

— E amanhã — disse Adriano — a segunda parte.

— Amanhã apanho a Senhora da Conceição na capela dos Milagres e levo-a à vasilha de leite no pátio da estação.

— Isto, Fininho, você sempre decorando bem as lições! Como nos velhos tempos.

Delfino Montiel misturou-se à multidão que de noitinha, na Sexta-feira Santa, tomou o rumo do santuário para acompanhar a Procissão do Enterro. Viu quase sem ver — fixado na sua obsessão, sem deixar sua consciência funcionar como queria — todo o cerimonial de preparação da procissão. Viu o esquife do Bom Jesus morto sair do pé do altar-mor para o centro da nave, ouviu no coro as vozes que salmodiavam, viu vários conhecidos seus vestidos de soldados romanos, no papel antipático de torturadores e flageladores do Cristo, viu, não sem uma certa surpresa, que, apesar de não haver Marias na procissão, lá estava d. Emerenciana de Verônica, mostrando aos fiéis o pano em que se retratava a cabeça dolorosa, viu o Anjo Cantor,

Nicodemo e José de Arimateia carregando as escadas e são João Evangelista (era sempre Pedro, o sacristão, que a molecada de Congonhas dizia que só estudava um pouquinho durante a Procissão do Enterro), com livro na mão esquerda e grande pena de pato na direita. Depois, no coice da procissão, as irmandades, guarda policial, o beatério e a carolagem de Congonhas e arredores. Delfino fingiu que ia acompanhar a procissão, chegou mesmo a sair, entre os últimos, e viu ainda o esquife do Senhor sob o seu pálio de seda roxa quando passava entre os profetas do adro, a luz dos círios roxos aprofundando as caras esverdeadas.

Entre os últimos do coice do préstito, que iam de olhos baixos, Delfino, com sua audácia tão recente, ia de olhos atentos. Retardou-se entre os profetas, parou atrás de Jonas, encostou-se um instante ao peitoril. Depois, já perfeitamente controlado e vendo os últimos fiéis afastando-se da igreja, levantou o braço e apoiou contra a estátua. Mas retirou-o com um arrepio, pois, sem reparar, tinha metido a mão na boca da baleia. Relanceou os olhos em torno. A igreja, aberta e pouco iluminada naquele momento triste, parecia mesmo um sepulcro vazio. Não havia ninguém lá dentro. No oitão do adro, onde se erguia a capela dos Milagres, também ninguém. Era se como algo dissesse a Delfino que era fácil demais, que era quase covarde pecar assim. Um dia, menino ainda, no confessionário, tinha perguntado ao padre que se Deus era onipotente e gostava tanto da gente por que tolerava a existência do pecado, e o padre tinha dito que Deus não gostava de escravos, o Deus dos Evangelhos gostava de homens que gostassem de Deus e escolhessem o caminho de Deus e por isto Deus deixava que os homens escolhessem o caminho que lhes mostrava ou o caminho de satanás e que isto Deus tinha chamado de livre-arbítrio embora Delfino não soubesse e nem o padre parecesse saber o que era arbítrio mas o sentido da coisa era bem claro só quem não quisesse é que não entendia que o livre-arbítrio era aquilo mesmo aquela capacidade de a gente fazer o errado e portanto pecar ou resistir e fazer o certo ou até não fazer nada mas não pecar fechar só os olhos e deixar passar a tentação também servia embora não fosse tão bom quanto arrostar o pecado de olho aberto mas também santo não é homem que saia todo o dia de ventre de mulher que diabo e já era muito a gente fechar os olhos enquanto passava o pecado e ele Delfino no instante em que tirou a mão da boca da baleia e se encaminhou para a capela dos Milagres sabia que era aquilo mesmo o livre-arbítrio por isto é que estava tudo vazio de gente e ele podia fazer como bem entendia tirar ou não tirar a Senhora da Conceição do seu altar por trás do pano roxo rodeado de braços de cera de muletas encostadas e até ora veja um seio de cera vai ver que promessa de câncer e canela de cera vai ver que dor de canela Deus me perdoe mas lá estava ela por trás do pano roxo trepada tão levinha na nuvem estofada e donde saíam aqueles anjinhos tão puros que eram só cabeça e par de asas mais nada e elazinha olhando para o alto com seu Menino tão alegre e tudo feliz que horror pensar que aquele Menino tão alegre indagorinha mesmo tinha saído do santuário no seu esquife tão magro coroado de espinhos que horror horrendo mesmo que coisa portentosa que sendo Deus Ele tinha deixado lhe fazerem uma coisa assim só para experimentar o livre-arbítrio daquela gente toda que tinha pedido a Pilatos e àquela cambada de Anás e Caifás e todo aquele mundo que tinha tido o livre-arbítrio de matar na cruz aquele Menininho que já estava na sua mão saído de trás do pano e que ele Deus lhe perdoasse depois ele fazia tudo penitência oração tudo metia na sacola do Adriano.

Delfino saiu da capela dos Milagres sobraçando a sacola onde a estatueta de madeira estava bem-acondicionada. Desceu pelas ruas Ouro Preto e Feliciano Mendes e divisou ao longe a procissão que se alongava, antes de vir para a alameda entre os Passos e retornar com o Senhor Morto ao santuário. No pátio da estação tudo estava também em silêncio. Não havia vivalma por ali, todo o povo de Congonhas acompanhava a Procissão do Enterro, todo o povo tinha sido afastado do caminho de Delfino Montiel para que o exercício do seu livre-arbítrio fosse realmente livre e desimpedido. E Delfino Montiel, chegando ao pé do muro e vendo os vasilhames alinhados, abriu o último da fila, nele meteu a sacola com a imagem de Nossa Senhora da Conceição, repôs a tampa em seu lugar e foi para o hotel de Adriano Mourão receber os outros 25 contos.

Por tudo isto é que ainda agora, treze anos depois do furto, Delfino Montiel não podia olhar as acácias ao lado das quaresmas sem se lembrar de que recebera ouro por santa imagem roubada. Só que a imagem era, afinal de contas, a da madrinha de sua noiva.

/ PARTE II

1

Marta Montiel olhou do seu sobradinho a rua íngreme que se enrascava aos seus pés. Daqui a pouco Delfino estava em casa para o almoço e ia encontrar a criançada toda lavada e penteada. Os três mais velhos iam ladeira abaixo, para o colégio, mas os outros três estavam a postos, aguardando o almoço. O menorzinho estava cada vez mais o retrato de Delfino, era de espantar. Provavelmente ia ficar miúdo como o pai, mas com a mesma cara simpática. A Clarinha também parecia muito com ele. O engraçado é que com ela só se pareciam os dois meninos mais velhos, que lá se iam para a escola com a Clarinha. Estavam os três bem precisados, agora, de um colégio bom, como o de Ouro Preto, mas onde, Senhor, iam arranjar dinheiro para mandá-los a Ouro Preto? O pai dela bem que tinha razão em insistir tanto para que Delfino comprasse a casa antes do casamento. Se, além de todas as dificuldades, ainda tivessem de pagar aluguel, a vida da família teria ficado realmente complicada depois da chegada dos primeiros filhos. Era quase impossível fazer expandir muito o negócio de Delfino ali em Congonhas. Ah, se eles morassem em Ouro Preto, sim, lá havia quem lucrasse quase 20 contos por mês em negócio de pedra-sabão. Mas Congonhas era lugar bem menor, vinham menos turistas. O governo devia era botar ali um bom hotel e Delfino podia instalar uma loja de objetos de pedra-sabão no próprio hotel, como eles tinham visto lá em Ouro Preto, durante a lua de mel. Ah, os planos que tinham feito então! E depois o casamento tinha vindo de repente, tão inesperado, uma delícia de surpresa. Delfino tinha chegado ao Rio sem dizer nada a ninguém, no Domingo de Páscoa, com a grande notícia: o dinheiro estava arranjado, a casa era deles e Marta podia guardar as joias. Ficaram todos boquiabertos de pura satisfação e Delfino tinha explicado que o proprietário da pedreira de pedra-sabão tinha adiantado o dinheiro a ele, para ser pago aos poucos e com juros pequenos. Tinha muita confiança no Delfino e nos seus planos de vender mais como estava fazendo com o Raimundinho na porta do santuário. Depois tinham se casado às carreiras, alegremente, ela ainda a retocar o enxoval, a comprar grinalda à última hora, com tudo que era costureira amiga adiantando o vestido. Não, ela nunca mais esqueceria aquele tempo. Não podia se queixar de mais nada na vida, e aliás não tinha de que se queixar. Só mesmo da história da confissão e de uma certa melancolia em Delfino... Ele dizia que era porque não tinha dinheiro suficiente para dar a ela uma criada, além da cozinheira velha. E dizia também que não se perdoava porque ela afinal tinha tido de vender as joias quando nasceu o quarto filho e que agora só restavam os brinquinhos de safira com o anel igual. E naturalmente vivia pensando nesse problema de mandar os meninos para Ouro Preto. E depois não é só isto: papai quando veio aqui falou tanto, disse que era preciso Delfino fazer um esforço. Ah, se papai soubesse como ele levanta cedo e vai para a loja e fala com os escultores e arranjou com o padre Estêvão para benzer as imagens e deixar elas serem trocadas na igreja com os terços e os santos e as medalhas. Ele faz o possível, coitado, e afinal de contas ali estavam as crianças, todas criadas, graças a Deus, e com saúde. Ela mesma não se incomodava com a falação do velho Juvenal, que agora que a mãe dela tinha morrido invocava-a o tempo todo para obrigar a defunta a concordar com tudo quanto ele dizia: "Eu digo isto, Delfino, porque minha santa Maria já prevenia naquele tempo que você devia abrir uma outra loja." O Delfino suportava tudo isto com a maior paciência e tudo estava mesmo muito bem, exceto aquela estranheza. Um homem que era tão católico! No princípio ele ainda dizia que sim, que ela podia perguntar ao padre Estêvão, que ele tinha comungado antes dela, mas agora já não disfarçava mais. Ela precisava tomar coragem e ir mesmo falar com padre Estêvão. Outra coisa é que Delfino nunca mais tinha procurado Adriano Mourão ou sido procurado por ele, quando antes tinham sido, ou pareciam ser, bem amigos. Afinal de contas, Delfino estava no apartamento de Adriano quando se conheceram. Delfino era um rapaz gozado naquele tempo... Assim meio acanhado, esquisito. Parecia que ficava meio paralisado perto de mim quando estávamos sós. De repente perdeu a cerimônia que foi um deus nos acuda. Eu tive que dizer a ele aquela noite na varanda: "Você nem parece que quer que sua mulher chegue virgem ao casamento, Delfino!", porque ele estava passando de todas as contas Deus meu que audácia e afinal de contas eu estava resolvida a ser séria mas assim também não há quem aguente horas a fio no fim aquela moleza faz faz faz logo só faltava mesmo abrir a boca e dizer que acabou-se e aí a gente tinha que casar sem comprar a casa. Um dia eu disse isso a Delfino muito depois do casamento quando a gente estava relembrando as coisas e ele ficou tão esquisito e começou a chorar no meu ombro e dizendo por que você não deixou por que não disse faz faz por que eu te amava muito e a gente tinha se casado sem a casa a maldita casa. Eu não disse nada mesmo homem fica às vezes assim nervoso eu fiz festa na cabeça dele e disse para ele dormir que não era nada como é que eu podia deixar antes do casamento ainda mais na varanda e com mamãe podendo chegar a qualquer momento com as cocadas e o cafezinho e de mais a mais que tolice pois então a gente não queria a casa? Ora veja! E além disso eu não ia dizer isto a ele depois naturalmente porque homem é cheio de vaidades nessas coisas mas na noite mesmo debaixo do lençol bem que ele se atrapalhou foi só de madrugada depois de dormir um sono aí também sim mas antes era aquela pressa dele sei lá mas eu dava tudo para ver o meu alegre outra vez eu já prometi a minha madrinha uma vela por dia durante um ano inteiro. Ele é tão bom pai Delfino e continua me amando que até parece lua de mel é mesmo tão fiel e sempre tão carinhoso e homem mesmo de fato não é como o Belmiro da Clorinda que leva um mês e cafuné que não acaba mais para perder o desinteresse oxente nada disso e tão bom com as crianças e reza, reza mas... Eu bem que gostava de ir passar uns tempos no Rio mas tanto faz lá como aqui se as crianças estão bem e Delfino...

Delfino apontou lá embaixo na rua, acenou para Marta, como sempre, e esta se precipitou pela escada abaixo para encontrá-lo na portinha da escada, ao lado da loja. Delfino tinha ido recolher alguns objetos que eram encomenda urgente e parou um instante para depositar o embrulho por trás do balcão e ver com o Joselito, agora seu ajudante na loja e substituto do Raimundo, como tinha transcorrido a manhã. Um automóvel com placa de São Paulo tinha parado e o casal tinha comprado 400 cruzeiros de mercadoria. Tinha levado doze das xícaras de modelo novo, cinzeiro dos grandes, dois panelões e ainda vários castiçais. O resto dos fregueses tinha sido coisa pouca, de 15 e 20 cruzeiros.

Depois foram os dois subindo a escada e, como sempre, Delfino enlaçou ternamente a sua Mar. Ele tinha tido, durante algum tempo depois do casamento, temor de que ali, entre as montanhas minerais de Congonhas, se evolasse para sempre de Mar aquele cheiro de iodo, de ressaca. Mas agora estava inteiramente tranquilizado. Havia sal e onda entranhados para sempre em Mar. Mesmo assim, ele se prometia constantemente levá-la para boas férias no Rio, o que, para ele, significava no mar. Era bom não prolongar por tempo indefinido a separação entre Mar e o mar. Se ela dava mostras de manter suas propriedades salinas mesmo longe dele, era possível que o mar estivesse perdendo alguma qualidade por não imergir em si há tanto tempo o corpo de Mar. Nunca se sabia.

O almoço entre as três crianças menores era sempre de conversação precária, ou toda a conversação era entre as crianças e os pais, e nunca entre estes dois. Quando precisavam dizer alguma coisa era preciso antes disciplinar por um instante aquelas três maitacas. E Delfino já observara que quando Marta tinha alguma coisa embaraçosa a lhe dizer esquecia-se das crianças e suas barulheiras. Não mandava ninguém calar a boca: de repente, no meio de todo o vozerio e como se reinasse o maior silêncio, desfechava a sua pergunta. Hoje, pelo jeito, era dia de pergunta. Mar estava comendo em silêncio, com determinação, e ignorando a algazarra em torno. Delfino, atendendo as crianças nisto e naquilo, aguardava. Marta de súbito pousou no prato o garfo e se voltou para ele, sem aquietar ninguém:

— Precisamos fazer nossa comunhão de Páscoa juntos este ano.

— Precisamos, sim — disse Delfino, que continuou falando à menina caçula: — Vamos, abre a boca para o carro entrar na garagem.

— Você sabe que é a única obrigatória, não sabe?

— Abre bem, bem, bem... entrou o carro! Mastiga bem.

— Você sabe, não sabe?

— Pois então não havia de saber. Vamos, Neném, outro carro está voltando para a garagem.

— Ainda não consegui fazer uma Páscoa com você.

— Nenhuma? — disse Delfino como se não se lembrasse bem. — Engraçado. Não tinha imaginado. Agora, sim, pode pedir à mamãe um pedaço de goiabada.

— Aliás, nunca comungamos juntos desde que nos casamos.

— Neném quer um pedaço de goiabada. E olhe o Tonico. Não comeu nada, só uma garfada de arroz com ovo.

— Nunca mais.

— E o queijo? Assim, amassa bem com a goiabada.

— Você não se descuida de rezar e nem da missa, mas a comunhão, puxa!

— Ah, não, porcaria não.

— Afinal de contas é o principal.

— Não esfrega arroz na cabeça da menina, Tonico!

— Não posso compreender isto.

— A goiabada com queijo é para comer, Neném, para botar na mesa não adianta. E senta direito, Mariazinha.

— Na Páscoa da Ressurreição, isto todo o mundo sabe, não se pode deixar de comungar...

— Não joga pão no chão que Deus castiga!

— Mesmo que se deixe de comungar o resto do ano. Se você não for falar...

— Se você continuar a esfregar esse arroz, apanha.

— ...com padre Estêvão, eu vou conversar com ele.

Marta retomou o garfo. Estava dado o recado. Ia conversar com padre Estêvão sobre o problema da Páscoa do marido, mas antes disto queria avisá-lo. O principal da tristeza que lhe voltava com a Quaresma era exatamente isto: com sua parte no roubo da Semana Santa, tinha perdido a capacidade de confessar seus pecados. Ou de confessar o pecado. Logo que chegara ao Rio para se casar ele havia confessado e comungado com Mar — a única vez. Tinha dito ao padre estranho, numa igreja estranha, que havia roubado uma imagem e o padre lhe dera distraidamente os conselhos de ocasião. Mas depois ele tinha compreendido que fora apenas um dente na engrenagem e que o roubo da Semana Santa era aquele escândalo que se sabia. Se ele confessasse sua parte naquilo ao padre Estêvão, ou a qualquer padre das cidades vitimadas, teria o sigilo da sua confissão respeitado, não duvidava disto, mas o sacerdote não se limitaria a lhe impor uma penitência qualquer. Ia estimulá-lo a denunciar o crime, a resgatá-lo com algum ato positivo, a agir. Mas agir como?... Denunciar Adriano Mourão e seu Juca Vilanova, que nem conhecia? E como restituir o dinheiro? Ele também não podia, só para conseguir se confessar, sair dali e ir procurar padre bem longe: e isto seria o pior pecado possível.

E o pior, mesmo, o pior de tudo, é que nos seus exames de consciência Delfino não sabia bem a que resultado chegava. Ele tinha curiosos meios de se exculpar. Às vezes se convencia. Por exemplo: ele não sabia de uma operação de roubo de tal envergadura. Se o furto se houvesse limitado à sua Nossa Senhora da Conceição teria assim aquela importância que adquirira? Não, o seu pecado, propriamente dito, não era assim tão grande. Tinha crescido como parte de um pecado maior, com o qual ele pouco tinha a ver.

E havia ainda talvez coisa pior do que isto. Ou pelo menos mais que isto, a tornar cada vez mais impossível sua confissão. À medida que o tempo passava e que a vida novamente se complicava, sua obstinação tendia a lhe dizer que, se não houvesse caído em tentação, provavelmente ainda estaria noivando! Apesar dos 50 contos e do trabalho árduo em que vivia desde então, a vida da família era tão precária que a casa, comprada com tanta dificuldade, já estava hipotecada desde o nascimento de Clarinha e que aos donos da Casa das Artes, no Rio, que importava seus objetos, ele já devia um adiantamento de 30 contos. Talvez fosse um pouco culpa de Mar, meio vaga em assuntos de dinheiro, mas que o dinheiro era curto, era.

Ora, dizia Delfino a si mesmo, se pensava assim, precisava dizer ao padre no confessionário. E como é que ia ser absolvido assim? Às vezes ele quase recriminava Deus, com jeito, é verdade, mas ia dizendo: "É isto, Senhor, se meu horrível pecado tivesse sido pago de uma maneira... definitiva, que me afastasse as preocupações para o resto da vida, eu provavelmente já teria me arrependido também de maneira mais definitiva. Mas assim como foi... O Senhor vê melhor dentro de mim do que eu mesmo, e pode ser que discorde. Mas um pouco de razão eu tenho, não, Senhor? Quando eu vejo que nem à custa daquilo consegui a paz que desejava para a minha família, tenho o direito de ficar um tanto revoltado, não Vos parece? Afinal de contas, o Senhor sabe. Desde que me casei, há treze anos, só fiz um terno de roupa. Convenhamos que é pouco, que é o mínimo mesmo. Tudo que ganho é para a família, e mulher comigo é só mesmo Mar. Quer dizer, houve aquelazinha na viagem ao Rio, mas aquilo era mulher, Senhor? E o enjoo que me deu! Foi como se o pecado tivesse sido punido logo, não se conta. Quer dizer que realmente sou um chefe de família exemplar e no mais sigo os mandamentos da Lei de Deus ali no duro e nunca perdi uma missa de domingo e nunca deixei de rezar de noite e ensino às crianças o temor de Deus. Antes de morrer eu me arrependo de tudo, tudo que tiver feito errado, e muito antes de morrer já hei de ter voltado ao confessionário, mas por enquanto, Senhor, há essa confusão e é difícil eu me arrepender, há essa tristeza da Quaresma, isto há mesmo, e era bom sair de casa em jejum e comungar e tudo dava assim uma firmeza, mas será que errei mesmo tanto assim..."

Quando estavam tomando o cafezinho de depois do almoço, as crianças já no quintal, Mar, como de costume, não tocou mais no assunto. Delfino tinha um grande respeito pela mulher quando resolvia fazer alguma coisa. Sabia, por exemplo, que ela ia discutir o caso dele, Delfino, com padre Estêvão, ainda que o mundo viesse abaixo. Mar pouco falava quando tomava uma dessas decisões finais, mas seu rosto se afinava, os zigomas ficavam mais salientes sob a pele e suas faces, em geral pálidas, adquiriam duas manchas vivas de cor. Delfino, que já a vira assim uma meia dúzia de vezes e que de um modo geral achava sempre uma beleza, passava a considerá-la linda com aquelas violentas rosas silvestres a florirem escuras sob o mel também adensado dos olhos. Mas tinha um certo medo desses humores. Ele nunca pensara, por exemplo, que por causa do tinteiro jogado num colega e que atingira a professora, seu mais velho, o Mauro, fosse ficar preso sozinho no quarto de trás da loja durante dois dias: pois Mar passara as duas noites respectivas em claro, mas mantivera o menino preso. Sua doce Mar tinha indubitavelmente suas ressacas devastadoras. E mais terríveis ainda por não se externarem em grandes ondas, mas rugirem, ao contrário, em invisíveis cavernas e grutas.

Não. Ela não ia mais insistir na comunhão e na anunciada consulta a padre Estêvão. Eram assuntos resolvidos. Instintivamente, porém, ela ficava nas redondezas do problema.

— O seu amigo Adriano tomou mesmo um sumiço de vez, hem!

Não era a primeira vez que falavam no assunto, mas Delfino sentiu que agora Mar falava com um intuito de esclarecer coisas. E teve medo. Pensou, com tristeza, que toda aquela zona do roubo da Semana Santa ele a mantinha secreta de Mar. Como antes de Mar ele tinha tido os dois tipos de amores, que não se misturavam, agora tinha duas faixas em sua intimidade com ela. Toda aquela faixa Adriano-Juca Vilanova-roubo da Semana Santa era vedada a Mar, e isto doía a Delfino. Mas coragem de contar não tinha, e nem teria nunca. Só se acontecesse alguma coisa muito inesperada.

— Tomou mesmo, não o vejo desde...

— Desde o nosso casamento, também. Ele apareceu para trazer o presente do tal...

— Seu Juca Vilanova.

— Aquela lindeza de serviço de jantar de porcelana inglesa.

— Pois é.

— Nunca entendi por que ele havia de nos dar um presente daqueles. Você nem conhecia o homem, não é mesmo?

— Não, não conhecia, não.

— E você vendeu logo o serviço. Não sei por quê.

— Ora, minha querida. Vendi até as suas joias — suspirou Delfino.

— Eu sei. Mas o serviço você vendeu logo depois do casamento. Ainda não estávamos tão apertados assim. Ao contrário.

— É, eu não gostava muito dele, não. Talvez exatamente porque fosse um presente assim...

— Assim como?

— Olhe, Mar, a verdade é que eu reatei naquele tempo minha amizade com Adriano e a esse reatamento devo você sabe o quê...

E aqui Delfino segurou a mão da esposa, que pela primeira vez lhe sorriu com a ternura de costume.

— Se eu não tivesse conhecido você não sei o que ia fazer neste mundo — continuou ele. — Mas acho que ele só serviu mesmo para isso. Tinha uns amigos esquisitos, fazia uns negócios embrulhados, sei lá. Me sinto muito melhor longe dele. E estou cada vez mais convencido daquilo que já disse a você uma vez: seu Juca Vilanova não existe.

— É, você já disse isto, mas é bobagem. O Adriano vivia de alguma coisa, e negócio dele mesmo ele não tinha nenhum. E depois aquele amigo dele...

— O Alfredo.

— Pois é, o Alfredo também falava tanto no homem. Por que é que ele havia de não existir?

— Nome no catálogo de telefone não tem, nome dele nos jornais nunca vi.

— No Rio, gente muito endinheirada ou importante não tem nome no catálogo. Isto não quer dizer nada. O que eu acho, sim, é que os negócios dele eram meio finórios. Sei lá. Como leiloeiro tinha outro nome, como vendedor de antiguidades outro, sei lá. Mas tanto Adriano como o Alfredo falavam nele como em patrão de verdade. E tinham ciúme um do outro.

— Isto é um fato — disse Delfino, admirando como sempre a mulher e achando maravilhoso que em contato tão breve com os dois rapazes tivesse visto tão bem a situação. — Mesmo assim — continuou — ainda duvido da existência do velho. Talvez aqueles dois finórios, como diz você, usassem o nome de uma pessoa assim para disfarçarem negócios deles mesmos.

— Mas você ficou mesmo com a impressão de que eles eram... desonestos?

— Hum... Não sei, isto não sei, mas assim meio duvidosos.

— Você não tinha nenhum trato com Adriano quando veio ao Rio, tinha?

— Não, nenhum, ora essa. Senão já tinha dito a você.

— Quando conheci você pensei que ele fosse muito seu amigo, muito mesmo. Afinal você estava morando com ele, sem pagar nem nada. Ele era moço rico e você pobre.

— O que houve eu disse a você. Ele voltou aqui, me procurou como velho amigo, me convidou.

— Mas ele veio aqui duas vezes, não foi? Ele esteve aqui trabalhando para seu Juca Vilanova.

— É, isso esteve.

— E você não o estava ajudando?

— Não, nem sombra — mentiu Delfino, dando um tom de convicção à voz, pois, como quem não quer, Mar estava se achegando muito a trechos importantes daquela faixa que lhe era vedada.

E, aproveitando a pausa natural da conversa trazida pela sua negativa, Delfino se levantou:

— Vou até a loja, benzinho, ver como estão as coisas. Ainda não vi aquele balcão direito hoje.

Ele ia acrescentar alguma coisa, dizer que depois podiam discutir com calma a comunhão da Páscoa, mas não teve coragem. Em matéria de mentira o melhor era dizer o menos possível. E com Mar não adiantava falar vago quando ela estava com as rosinhas do rosto acesas. Ela ia cobrar a promessa dele depois como se estivesse escrita em papel almaço e assinada em cima de estampilhas.

2

O sacristão Pedro, de um modo geral, não tolerava quase que nenhum outro ser humano. Mas caprichava em detestar Delfino Montiel. Em primeiro lugar, o tal do Delfino tinha um ar de suficiência que ele não tolerava. Talvez não fosse exatamente suficiência e presunção, mas era aquela facilidade com que tudo lhe saía na vida e que tinha acabado por fazer Delfino aquele seu tanto pachola e superior. Tinha sido sempre assim, Pedro se lembrava de Delfino ainda garoto, sempre magro e miúdo, olho grande, ajudando o velho Clodomiro Montiel na loja. Muita madama pegava no queixo de Fininho, como ele era chamado, ou fazia festa no cabelo dele. Pedro não sabia que diabo era aquilo, mas tinha uns camaradas assim, parece que nasciam com visgo para mulher. Ele nunca tinha dado sorte. Também, com aquelas pernas tortas que Deus tinha lhe pregado no corpo antes mesmo de ele saber que estava no mundo, como é que ia arranjar mulher. É verdade que uma tinha se enrabichado por ele, a Lola Boba, mas aquilo era melhor que não tivesse. Ela era boba, boba, andava zanzando pelas estradas e ele tinha vivido com ela uns meses, escondido de todos, numa casinhola de sopapo. Também a Lola era a única mulher que tinha ido com ele sem ser por dinheiro. Tinha sido só por bobagem, só de boba mesmo que ela era. Depois — como tanto homem faz com tanta mulher bonita, meu Deus — ele tinha abandonado a Lola. Mas ela nem se deu por achada. Passou a andar atrás dele por toda parte, assim feita um cachorro sem dono. Exatamente assim. O pessoal acabou desconfiando e descobrindo, e foi um gozo em toda Congonhas. Queriam por força fazer o casamento dele com ela, convidaram para padrinho o Zé Bêbado — que felizmente já tinha morrido, que a terra lhe fosse bem pesada — e chegaram até a arranjar para a Lola um véu de noiva velho, os cachorros, e a idiota começou a andar pela cidade com aquele trapo na cabeça. E ao mesmo tempo o Fininho noivava com moça do Rio e falava nela e fazia planos de aumentar a loja que tinha ganho do pai e em comprar casa! O pior é que o padre Estêvão tinha vindo falar com ele, Pedro, na maior seriedade, sobre a Lola Boba, embora naturalmente também estivesse rindo por dentro com toda aquela cambada de porcarias. Tinha vindo falar sobre o casamento, quer dizer, se ele realmente estava vivendo com a Lola sem a bênção da Santa Madre Igreja, o melhor era fazer o casamento. Se o Pedro não quisesse ali em Congonhas, porque todos estavam assim daquele jeito a aperrear, ele, padre Estêvão, escrevia ao vigário de São João Del Rei, muito amigo dele, e o casamento se fazia lá em silêncio e depois ele podia voltar a ser sacristão, não tinha nada, mas assim é que ficava difícil para ele, padre Estêvão, ele insistia na bênção da Santa Madre Igreja, o pulha. Ah, se ele naquele tempo tivesse certeza de que as viagens em lombo de burro que o padre fazia meio misteriosas eram mesmo negócio de fêmea como ele suspeitava, ah, ele escrevia ao arcebispo, ao papa até. Corja de femeeiros todos, que tinham perna direita e davam sorte com mulher e morriam de rir porque ele só dava sorte com a Lola Boba. Ele tinha desaparecido aqueles cinco anos de Congonhas, comendo o pão que o diabo amassou, e só voltou com a Lola morta. Cinco anos. Primeiro, logo de cara, ele tinha feito como se faz com cachorro abandonado, mas a Lola, que não tinha desconfiado que todo homem que se preza abandona pelo menos uma mulher na vida, também não tinha desconfiado que cadela sarnenta e feia a gente abandona em beira de estrada, toma o trem outra vez, e pronto. Isso ele fez logo na primeira viagem, mas ela voltou para ele a pé, duzentos quilômetros. Durante cinco anos ela tinha seguido a trilha dele por Minas e Espírito Santo feita uma assombração, uma maldição, uma não sei quê. E olha que o tempo todo ela tinha abortado filho, com erva, com ferro, com mandinga, mas não morria de nada a desgraçada e não largava a trilha dele, feito uma punição do céu, como se ele ainda precisasse mais punição, como se Deus vivesse disto, de punir uns para dar de tudo aos outros. Lola Boba de cara pro céu no milharal. Quando ele tinha voltado para Congonhas estava o Fininho já casado, e ele tinha prometido uma vela, vela nada, um círio, a santo Antônio se a mulher do Fininho fosse bem bucho, e quando acaba tinha logo visto o Delfino todo ancho com aquela lindeza pelo braço, bonitinha como não sei quê, bonitinha como a capela da Senhora do Ó de Sabará em cima da colina, toda castanho e azul. Que é que ela queria com padre Estêvão que tempo que estavam lá sentados nos poiais de pedra do canto da sacristia e ele quando podia olhava aqueles cabelos dela e aquela cintura meu Deus era de gente duvidar da seriedade do próprio universo pensar que uma peste como o Fininho podia ir para a cama com aquela mulher inteirinha a qualquer hora que quisesse e olhe que já tinha feito nela toda uma súcia de meninos. Ele nem gostava de pensar na mulher do Fininho inteirinha na cama ah isto não era demais dava vontade nele de ganir como cão em noite de lua ela inteirinha em cima do lençol com tudinho que Deus tinha posto naquele corpo sem nada de cobrir sem nada em cima ah que besteira pensar nisso só mesmo uma coisa impossível e melhor era pensar nas coisas chatas a fazer e não nela sem colcha descoberta era preciso cobrir os altares toda a panaria roxa para esconder tudo tomara que os ladrões voltem este ano e pelem os altares esvaziem tudo tudo até o céu ficar vazio porque lá não tem justiça tem é gente muito mimada como esse Fininho que leva chaves dos Passos escondidas e depois ganha de prêmio essa teteia que está conversando com o padre...

Do último gavetão da cômoda Pedro tirou uma pilha de fazendas roxas, os sudários da Semana Santa. Bem no fundo do gavetão, envolvidos em papel grosso, estavam os paramentos do próprio Senhor Morto, o rico manto de cetim roxo bordado a ouro e aljôfar, a alfaia mais preciosa do Senhor Bom Jesus de Matosinhos. Com aquele manto cobria-se a imagem do Bom Jesus quando saía a Procissão do Enterro. Em outra gaveta guardava Pedro sua própria túnica de são João Evangelista, com a pena de pato e o livro leve, oco, que ele levava na outra mão.

Capengando, as fazendas roxas debaixo do braço, Pedro foi para o templo começar a faina quaresmal de amortalhar as imagens. Mas saiu naquele instante mais de plano que outra coisa qualquer.

Enquanto Marta Montiel lhe contava as suas penas, padre Estêvão agradecia a Deus aquele sentimento bom de libertação. Ali estava uma bela mulher em sua frente e ele podia, de todo o coração, interessar-se pelo que lhe dizia, entrar em sua vida, entreter-se longamente com ela como se fosse um pai. Por que, Senhor, por que livrá-lo dessa tortura de outrora sem deixar-lhe o que agora parecia a padre Estêvão a mera contrapartida do desejo carnal: o desejo de sacrifício, de vida heroica? Era a angustiosa pergunta que se fazia há mais de dez anos. Antigamente a vista de uma mulher como Marta Montiel obrigava-o ao mais severo exercício da força de vontade para não deixar transparecer a concupiscência, mas também, ah, como ele sentia que se o dragão dos infernos surgisse na sua frente ele avançaria com júbilo para suas mandíbulas, pronto a estraçalhá-lo, enquanto que agora, aos setenta anos, Marta era uma filha, mas o dragão uma vaga hipótese.

— Eu não sei como explicar, padre Estêvão, o Delfino continua cumpridor de todos os deveres dele, mas confessar e comungar não faz mais — dizia Marta. — E... eu não sei como explicar. Ele me diz, e eu tenho ouvido isto confirmado, que antes do casamento ele confessava e comungava, não digo com muita frequência, mas pelo menos na Páscoa, no Natal e datas assim.

— É verdade, é verdade — disse o padre —, o Fini... o Delfino foi sempre um menino bonzinho, de ajudar missa e auxiliar em tempos de festas. E frequentar a igreja, lá isto frequenta.

Mecanicamente, distraidamente, o sacristão tinha trepado num altar para pregar o primeiro sudário no retábulo de são Benedito. Mas nem isto fez. Lembrou-se de que o cano por onde se escoava a água do chafariz da sacristia estava entupido desde as últimas chuvas e ele vinha adiando o trabalho de desobstruí-lo. O cano saía do calçamento bem debaixo da janela da sacristia... Ele podia se agachar debaixo da janela. Se alguém aparecesse, com o cabo da vassoura ele podia começar a desentupir o cano. Saltou ligeiro do altar, pegou a vassoura que tinha ao lado e deu a volta da igreja por fora, com passos lentos e macios de gato, passos que se diriam impossíveis para quem tinha pernas tão deformadas. Pouco antes de chegar à janela deixou-se cair e depois se arrastou macio até a zona de som da conversa discreta. Vassoura em punho, ajoelhado ao pé da boca do cano, estava com a desculpa engatilhada se alguém aparecesse. E ouviu a voz de Marta:

— O senhor se lembra de confessá-lo e de dar comunhão a ele, não é, padre Estêvão?

— Ah, sim, como não. Muitas vezes. E há mesmo muito tempo que ele não me procura.

— Isso é que me deixa nervosa, padre. Depois ele não me diz por quê, ele que me confia tudo.

— Agora, minha filha, escute. É grave isto que você me conta, mas talvez você não devesse ter dito ao Delfino que vinha falar comigo, talvez fosse melhor não criar o caso, como se diz agora. Não toque mais no assunto, volte para casa alegre, deixe o resto comigo. Eu vou falar com Delfino.

— Mas quando, padre Estêvão, hoje?

— Hoje, minha filha?... Mas ainda estamos a algum tempo da Páscoa. Ainda vamos iniciar a Semana Santa e a comunhão de Páscoa se pode fazer muito tempo depois do Domingo da Ressurreição. Deixe seu marido esquecer a impressão do que você lhe disse.

— Eu sei, padre, mas fico tão nervosa. Por que isto? Tenho certeza de que Deus não ia deixar o Delfino perder a fé. Como é que ele passa anos e anos assim, sem confissão, sem comunhão...

— Também não exagere, minha filha, com "anos e anos". Não são assim tantos anos em que ele está afastado da Eucaristia.

— Estamos na beirinha dos treze anos, padre! A última vez que Delfino confessou e comungou foi no nosso casamento, há treze anos.

— Tem certeza, minha filha? Eu tinha uma ideia de que há menos tempo ele tinha procurado confissão e comunhão.

— Tenho absoluta certeza, padre Estêvão.

— Treze anos... É bastante tempo, sem dúvida. Principalmente para um homem morigerado, bom chefe de família, e ainda por cima frequentador da igreja...

— Pois é, padre, frequentador da igreja, homem que reza suas orações antes de dormir. Como é que pode ser?

— Treze anos...

— Treze anos. Nós nos casamos ainda na Páscoa, naquele ano do roubo da Semana Santa.

— Ah, foi naquele ano, não é?

— Naquele ano. Ainda me lembro como o Delfino ficou chocado quando soube. Principalmente quando soube que os roubos tinham se verificado em tantos lugares. Pois desde aquele tempo, padre Estêvão, ele não põe hóstia na boca, se o senhor me permite falar assim.

Mas já aí o sacristão Pedro não ouvia mais. Uma suspeita que era mais do que isto, que era uma esperança aflita, um desejo devastador, um anelo de todo o seu ser, acabava de lhe nascer no espírito. Como não tinha desconfiado antes aquela linda desconfiança, como não suspeitara antes aquela joia de suspeita?... O Fininho, apesar de possuir sempre que quisesse aquela deusa das madeixas claras no cabelo escuro, tinha qualquer coisa de estranho desde o casamento... ou desde que tinha levado o amigo a fotografar coisas escondidas do padre Estêvão... Desde aquele tempo só tinha se confessado e comungado uma vez provavelmente porque senão não casava com aquele cambucá de menina gostosa. Remorso. Medo do padre Estêvão. Ah, Senhor, se fosse verdade. Aqueles roubos todos tinham sido coisa de quadrilha bem-organizada, mas haviam de ter tido auxílio... Gente que soubesse onde estavam as coisas, as chaves... Pedro tinha ouvido em milhares de sermões como os santos um dia *viam* Deus, ou lá que santo fosse, *sentiam* que era aquilo que buscavam. Ali, naquele instante, de vassoura na mão, agachado perto de um cano entupido, ele teve uma ideia do que seriam aqueles êxtases, aquelas felicidades que não havia palavras que descrevessem. Tanta gente falava no tal do Inefável sem saber o que era. Pedro Sacristão já tinha uma boa noção da coisa, da alegria indescritível, da bem-aventurança. Ele havia de descobrir se era verdade. E, acocorado como estava, arrastou-se até o oitão da igreja, depois voltou, mas agora com a alma leve, aos seus sudários roxos. Olhos fagulhantes, mãos trêmulas de emoção, Pedro fazia esta coisa que só fizera umas três vezes na vida inteira: assobiava baixinho.

Na sacristia, padre Estêvão se levantou do seu poial de pedra e foi acompanhando Marta Montiel pela igreja, até a saída.

— Vá com Deus, minha filha, e fique tranquila. Delfino sempre foi um bom rapaz. Deve ser uma crise qualquer, uma dúvida, um escrúpulo. Vamos ver se uma conversa com ele não acaba no confessionário...

— Ah, padre Estêvão, se o senhor conseguir que ele faça a Páscoa a meu lado... Ele sempre foi muito seu admirador. Acha o senhor um padre exemplar. Ele sempre diz isso.

— O que mostra como ele é bondoso.

Pedro Sacristão parou de pregar o sudário no segundo retábulo para olhar Marta que se afastava, ao lado de um padre Estêvão bem mais magro do que tinha sido, mas jovem para os seus setenta anos, enxuto, desempenado. Antes de se despedir, padre Estêvão parou, fitando o assoalho. Principalmente quando ouvia de alguma das suas ovelhas uma expressão assim de confiança e respeito como a de Delfino, que Marta lhe transmitira tão naturalmente, ele sentia um grande pesar no coração. Devia, devia ter merecido uma real estima daquela gente boa. Por que não se havia embrenhado no Planalto Central, colhendo almas para o seu Salvador, arrostando perigos, consumindo a bela flama da sua juventude numa guerra santa? Quantos leigos, quantos homens comuns (até positivistas!) e simples oficiais do Exército a cumprirem com singeleza uma missão não tinham sucumbido naquelas matas, alguns deixando-se matar para não matar, como se fossem apóstolos... Ah, Senhor, que foi que me faltou?...

— Adeus, padre Estêvão, e muito obrigada.

Era Marta que o despertava e se despedia, beijando-lhe a mão.

— Adeus, minha filha, tenha bastante fé em Deus, você, que a de Delfino se há de reacender ao calor da sua.

3

Foi com satisfação que Delfino viu entrar na sua loja, saltitante como sempre e usando um dos seus fabulosos chapéus de pomos e pombos, d. Emerenciana de Jesus Martins. Havia quem fugisse dela como o diabo da cruz, pois d. Emerenciana não era de falar pouco, principalmente agora, que, segundo a voz do povo, devia ter uns cento e dez anos. Na realidade, tinha uns oitenta. Eram oitenta anos, dos quais cinquenta, sólidos, vividos em Mariana primeiro, e Congonhas depois. De Congonhas nunca mais saíra. Solteirona de vocação e vivendo das rendas que lhe deixara o pai, usineiro em Campos, d. Emerenciana tinha encontrado o céu na terra ao descobrir, nas cidades antigas de Minas, uma espécie de latifúndio do Senhor. Aqueles cabeços de morros invariavelmente coroados de capelas, as praças onde as igrejas se acotovelavam, os bandos de freiras, de seminaristas e, principalmente, as procissões, a encantaram. Havia quem dissesse, e d. Emerenciana gostava que acreditassem nisto, que sofrera uma grande paixão na juventude e se desiludira dos homens. A verdade é que atravessara mais de um amor morno e nunca nenhuma paixão. Era certo que tivera dois partidos, o que não era de espantar, com o dinheiro que o pai espremera dos canaviais campistas e lhe deixara ao morrer. Mas nenhum dos dois tinha interessado muito Emerenciana, que no fundo tinha um certo medo dos homens. O pai tiranizara tanto a esposa quanto Emerenciana, filha única, e dos homens lhe ficara a imagem paterna de brutalidade. O de que ela havia gostado a vida inteira eram padres, isto sim. A batina dava-lhe uma impressão tranquilizadora de homem domado, bento, espiritualizado. Emerenciana não se permitia nem mesmo pensar na eventualidade de um padre algum dia acercar-se dela com desejos reprováveis. Se tivesse acontecido, é provável que ela não houvesse resistido, não tanto para satisfazer uma carne bastante tranquila, mas pela ideia de que o ônus do pecado ficaria inteiramente do lado do padre, dada a sua responsabilidade muito maior. Mas não tinha acontecido nada disto. E d. Emerenciana vivera sua longa vida e chegara a uma contente velhice virgem como um cavaleiro andante, empenhada como sempre em cercar de atenções os padres que cruzavam seu caminho e em rezar; rezar muito. Como Tomé, d. Emerenciana era incapaz da fé que é fé e não exige prova, incapaz, embora não o soubesse, de acreditar em Deus. Mas numa época de perseguição religiosa d. Emerenciana, se a quisessem privar das igrejas e dos padres, era capaz de ir para a fogueira e virar santa Emerenciana.

Ela se lembrava muito bem do apelido de Delfino, mas sabia que ele não gostava de ser chamado de Fininho.

— Bom dia, seu Delfino — disse —, como vai minha encomenda?

— Eu recomendei ao Chico Santeiro que fizesse o crucifixo mais bonito da carreira dele, d. Emerenciana.

— E grande, não é?

— Como a senhora pediu. Tem bem uns oitenta centímetros de altura e vai ser naquela pedra-sabão bem clarinha.

— Ai, estou ansiosa por ver a obra acabada, seu Delfino, vai ficar feito um crucifixo espanhol que eu vi uma ocasião, todo de alabastro. Mas será que fica pronto para o dia vinte de abril, que é o aniversário?

— Não tenha susto, d. Emerenciana, padre Estêvão vai receber o crucifixo no dia exato.

— Sabe que aquele velho crucifixo de ébano que ele tinha na cabeceira da cama quebrou, não sabe?

— A senhora já tinha me dito quando fez a encomenda.

— Ah, é verdade, eu agora repito muito as coisas. Me avise quando eu repetir alguma.

— Ora, d. Emerenciana, é até raro...

— Então minha ideia foi dar a padre Estêvão um crucifixo como um que eu vi uma ocasião, lindo, de alabastro. Era espanhol.

— Ah, sim, d. Emerenciana.

— Na pedra-sabão acho que também fica bonito, não?

— Não tenha dúvida, d. Emerenciana.

— Mas você ficou de me dizer da outra vez qual dos escultores ia executar o trabalho.

— Chico Santeiro, d. Emerenciana.

— Ah, sim, já ouvi o nome há algum tempo.

— É sim, senhora.

— Mas agora me lembro, ontem mesmo estive aqui e você me deu as informações! Não, não, o que eu queria hoje era outra coisa. Eu me lembro de ter visto aqui umas imagens, muitas mesmo, de santa Ana.

— Tenho ainda, d. Emerenciana, vendo muito a estatueta de santa Ana com Nossa Senhora Menina. Vou buscar umas para a senhora ver.

Delfino foi à saleta contígua, que lhe servia de depósito, apanhou as santas Anas que havia por ali e voltou à loja.

— Aqui estão — disse, arrumando as figurinhas no balcão. — Tem de vários tamanhos.

— É — disse d. Emerenciana, revirando algumas das imagens —, a pena é que representam todas a santa Ana enquanto Nossa Senhora era menina. Eu tinha vontade de ver uma santa Ana do tempo da Crucifixão. Não há umas figuras do Calvário com Nossa Senhora acompanhada de Sua mãe?

— Hum, isto não sei, não — disse Delfino, coçando a cabeça.

— Pense, pense bem, que me interessa muito.

Delfino viu logo que d. Emerenciana queria lhe contar alguma coisa a respeito de si própria, alguma coisa ligada de alguma forma a santa Ana. Nervoso como estava, aguardando a volta de Marta, nada lhe agradava mais do que manter a cabeça levemente ocupada como por aquela conversa com d. Emerenciana. Foi buscar livros de orações no seu velho armário do depósito, espiou as figuras de um velho livro de História Sagrada, esmiuçou os cantos da loja. E veio a confidência, que viria de qualquer maneira.

— O crucifixo é minha surpresa de aniversário para padre Estêvão, mas antes disto quero dar a esse santo na terra que ele é uma outra alegria inesperada.

— Sim?...

— Imagine que eu vou voltar a aparecer na Procissão do Enterro.

— Ah, vai mesmo?... Eu tenho uma vaga lembrança da senhora...

— Isto mesmo, de Maria Madalena.

— E... a senhora vai, novamente?...

— Não, isto não. Eu já tinha deixado o papel da Madalena pelo da Verônica, que afinal não tinha muito a ver com idade. Até a madama Bretas já andou fazendo aquele papel. Mas nestes últimos anos não tenho mais aparecido e imagine como padre Estêvão deve ficar aborrecido de ver sua procissão diminuindo de ano para ano, porque a nova geração, seu Delfino, não quer saber de se amolar com estas coisas, não. Daí me veio a ideia da surpresa. Por que não hei de voltar ao desfile, agora como mãe de Maria, avó portanto de Jesus Cristo? Não lhe parece uma ideia luminosa?

— Magnífica.

— Pois é. Por isto eu estou estudando santa Ana e pensei que você talvez tivesse aqui alguma boa imagem.

— Sinto muito.

— Do crucifixo já lhe perguntei, não?...

— Qual?... O que a senhora encomendou?

— Sim, sim. Já perguntei, não perguntei?

— Já, d. Emerenciana, fica pronto para o dia vinte.

— Sim, sim, já me lembro. E está sendo feito pelo...

— Chico Santeiro.

— Claro, claro, você me disse o outro dia. Mas então o que era mais que eu queria lhe dizer? A história da santa Ana, e... Ah, já sei! Eu queria pedir à sua mulher que me ajudasse no plano. Para haver santa Ana precisa haver Nossa Senhora, e quem melhor que d. Marta pode fazer isso, com aquela cara que Deus lhe deu?

Aqui d. Emerenciana parou, antes de perguntar a Delfino:

— Só que naturalmente alguém pode achar que eu pareço mais avó do que mãe de sua mulher, não? Isto me faria bisavó de Cristo, o que é parentesco muito remoto para a procissão, talvez.

— Qual o quê, d. Emerenciana, a senhora pode muito bem passar por mãe de Mar, por que não, ora essa! O difícil vai ser convencer a Mar. Ela tem acanhamento dessas coisas. Nunca quis se meter, não.

— Ah, mas eu vou convencê-la. Ela é uma jovem piedosa e eu lhe vou dizer que a nova geração, assim como vai, acaba por abandonar Jesus Cristo. Ficam esses pobres padres sem saber como arrumar uma procissão!

Foi com alívio e gratidão por d. Emerenciana que Delfino viu Marta que chegava. O pior eram as primeiras palavras quando havia tensão entre eles, como agora. D. Emerenciana ia servir de almofada naquele choque, se choque devia haver. Suspeitando que Marta quisesse se esgueirar pela escadinha do lado, que levava ao sobrado, Delfino tinha tido o cuidado de avisar discretamente d. Emerenciana:

— Olhe — disse ele —, Marta vem ali.

D. Emerenciana se voltara para a rua e de longe já acenava a Marta que se aproximasse. Quando Marta entrava na loja ela a cumprimentou:

— Ave, Maria.

Em seguida benzeu-se, sorriu como quem fez uma travessura e disse a Marta, que a olhava espantada:

— Eu nunca brincaria com coisas santas se não fosse o pequeno plano que tenho a lhe propor.

Quando acabou de expor o plano, Marta lhe tomou as duas mãos, dizendo:

— A senhora vai me perdoar, d. Emerenciana. Eu sei que sou uma boba, mas o Delfino podia ter lhe dito que eu não consigo fazer essas coisas...

— Coisas, minha filha?

— Essas representações, d. Emerenciana. No colégio eu já era assim. Eu não sou nada tímida em geral, mas para representar...

D. Emerenciana não era mulher para se deixar abater por tão pouco.

— De coisas assim está morrendo o catolicismo no Brasil, minha filha. Outro dia eu estava lendo um artigo sobre a penetração no Brasil de batistas, metodistas, presbiterianos e não sei mais quê, tudo protestante, só por causa da nossa moleza. Aquele exército deles, como se chama?...

— Exército da Salvação — disse Marta, já abalada pelas palavras iniciais de d. Emerenciana.

— Isso mesmo, é um exército de fato. Só que mata almas em vez de corpos, mata católicos, mas veja como não têm sestro nenhum. Tocam tambor, cantam uns hinos horrendos, sem voz nenhuma (eu hoje ainda canto melhor que esses hereges), fazem sermão no meio da rua sem saber português, são, em suma, uns demônios. Enquanto isto, nós deixamos morrer até nossas procissões porque um tem vergonha, outro tem preguiça, outra mamãe não quer.

— A senhora tem toda a razão, d. Emerenciana, mas não há outra pessoa?...

— Ah, veja só! Outra pessoa. Quando Deus nos aponta não podemos fingir que o Seu dedo apontou uma pessoa ali adiante.

— Eu não recusaria o serviço que Deus me impusesse, d. Emerenciana, e que fosse algum trabalho em casa, algum pano para a igreja...

— Ação! Ação é o que pede Deus contra os inimigos de Roma — bradou d. Emerenciana.

— Mas a procissão...

— Procissão é ação. Essas meninas do Exército da Salvação andam por aí tudo com aqueles uniformes medonhos e pedem até esmolas nas ruas. E além disso — disse ela, resolvendo usar também os argumentos mais sutis —, se comparecer a uma procissão, e no excelso papel de Virgem Maria!, representa um sacrifício...

— O papel é lindo, d. Emerenciana. Pelo amor de Deus, não pense que eu não quero. É só...

E Marta riu, acanhada, empurrando os ombros para diante e descobrindo não mais a barra divisória do queimado de sol e do alvo, mas uma única zona de um branco sombrio de marfim. Conhecida sua como era agora aquela zona, Delfino ainda se perturbava com a sua vista.

— Um momento, é o que eu ia dizer. Se mesmo assim devido à sua timidez é um sacrifício, por que não oferecê-lo a Deus numa promessa, ou no resgate de alguma falta...

Marta lembrou-se de repente do que lhe tinha dito padre Estêvão, dos seus conselhos de não ficar falando e falando no assunto com Delfino: "É grave isto que você me conta, mas talvez você não devesse ter dito ao Delfino que vinha falar comigo... Não toque mais no assunto... Deixe seu marido esquecer a impressão do que você lhe disse." E afinal, ao lhe dizer adeus, padre Estêvão tinha dado a verdadeira receita: "Tenha bastante fé em Deus, você, que a de Delfino se há de reacender ao calor da sua." Sem olhar para Delfino, mas sabendo que ele a fitava e que a entenderia, Marta disse a d. Emerenciana:

— A senhora tem toda a razão, d. Emerenciana. A gente às vezes quer resolver um problema e fala nele, pensa nele, discute, ameaça. Raramente a gente pensa em tentar resolvê-lo fazendo um sacrifício a Deus. Coisas que às vezes só dependem de um certo esforço e que a gente não faz porque não faz, porque não quer. Um sacrifício vale mais que uma discussão, não é mesmo?

— Bravos, minha filha, faça isto e Deus lhe resolverá os problemas. É como eu sempre tenho feito! Vou dar a boa-nova ao padre Estêvão. E trago o manto azul para a sua cabeça. Tenho um lindo, com umas estrelinhas de prata. E o vestido corre por minha conta. Adeusinho!

Já na porta, d. Emerenciana voltou-se, preocupada, para Delfino.

— Depois eu venho conversar com você sobre o crucifixo. Quero saber quem é o escultor. E não diga nada sobre o presente nem a madama Bretas nem a d. Dolores.

Antes que se esquecesse do que tinha conseguido de Marta Montiel, d. Emerenciana foi ver seu velho amigo, o padre Estêvão, que durante anos a fio tinha tratado Emerenciana com uma frieza de gelo e uma antipatia que só ela não conseguia perceber. Acabou, no entanto, resignado. Colocou Emerenciana na lista das provações que Deus sem dúvida queria que sofresse, e assim, nesse estado de espírito de vocação martirológica, recebia suas visitas, seus presentinhos (colarinhos de linho, pastéis), suas mil e uma atenções. A d. Emerenciana dos oitenta anos, avoada, desmemoriada, movimentando-se mais do que nunca no vácuo absoluto de sua própria vida, já lhe era tolerável. De dor aguda que fora, era agora um velho reumatismo, uma praga familiar, uma pena de rotina.

— Padre Estêvão, padre Estêvão — disse d. Emerenciana, irrompendo na sacristia —, tenho uma novidade excelente para lhe contar.

— Boa tarde, d. Emerenciana — respondeu o padre. — Qual é a novidade?

— É sobre a nossa Procissão do Enterro.

— Novidade da Procissão do Enterro? Como é que isto pode ser?

— Quero dizer entre os figurantes. Ou *as* figurantes.

— Escute, d. Emerenciana, a senhora sabe como toda Congonhas lhe guardará uma eterna gratidão pelas vezes que a senhora foi santa Maria Madalena. Mas...

— Não, não se trata disto, padre Estêvão. É uma personagem nova na nossa Procissão do Enterro: santa Ana.

— Minha prezada d. Emerenciana, a senhora já não pode mais com esses esforços. Poupe-se. Ainda há dias seu médico lhe advertia quanto ao coração...

— Ah, sim, disse que eu não devia subir escadas ou ladeiras, mas quando eu disse a ele que aqui só tinha escada e ladeira ele disse que então eu as subisse devagar. Ora, procissão é sempre devagar...

— Mas sempre cansa, minha senhora, dura tempo. Além disso, eu nem sei se santa Ana não estava morta quando morreu Jesus. A senhora...

— Ora, padre Estêvão, se o senhor não tem certeza, quem vai saber? Só mesmo se a gente escrever ao Vaticano...

— A senhora é muito amável, mas...

— Já está tudo combinado, padre Estêvão, eu acabei de falar com a Marta Montiel e ela concordou em ser Maria Santíssima.

— D. Marta?

— Exatamente. Ela sempre recusava coisas assim, não é verdade?

— É verdade.

— Pois desta vez aceitou. É o que eu queria lhe dizer. Não acha uma boa ideia?

Até nas pequenas coisas tanta gente o surpreendia, tanta gente era melhor que ele! Pela determinação com que Marta recusara, das primeiras vezes, solicitações como aquela, padre Estêvão tinha a certeza de que sua anuência, agora, era fruto da conversa que acabavam de ter. Tinha certeza de que aquilo era parte do programa de trazer Delfino de volta aos sacramentos. A jovem senhora mal acabara de falar ao padre seu confessor e já punha em prática seus conselhos. Ele deixava escoar-se por entre os dedos, como água, uma vida inteira, sem realizar o único plano que teria podido elevá-lo aos olhos de Deus e aos seus próprios olhos. E tinha na cabeça a segunda moleira, a ordenada e recortada por Deus, disse a si mesmo com amargura, passando a mão na rodela tonsurada.

— O senhor não acha — continuava d. Emerenciana — que a Martinha Montiel vai enfeitar muito a procissão?

— Muito, sem dúvida — disse padre Estêvão, pensando que Marta Montiel ia enfeitar a procissão com sua cara bonita e com sua graça e, mais ainda, ia perfumá-la com seu sacrifício singelo, mas nem por isto menos sério.

— Quer dizer que eu estou mesmo de parabéns, não?

— Está sim, senhora, inteiramente de parabéns.

— A Martinha vai ficar perfeita, não acha?

Todos eram melhores do que ele. Até d. Emerenciana, que já tinha tido a sua temporada de atitudes desagradáveis e mexericos descabidos, estava ficando modesta e simples! Quando no seu peito descarnado parasse aquele coração já não muito bom ninguém poderia dizer que não tinha feito a sua marcha — embora morosa — rumo ao Sumo Bem. E foi com uma certa ternura que o padre Estêvão fez à beata que já detestara tanto talvez o único cumprimento de homem que ela ouvira em sua vida depois dos quarenta.

— A Virgem Maria vai ficar bem representada, não há dúvida. Mas santa Ana é que vai ter seu grande dia, d. Emerenciana.

Quando ela já se afastara, num rubor de alegria, padre Estêvão repetiu o velho dito, que cada dia lhe parecia luzir e reluzir mais novo e tilintar com um som mais de ouro todos os dias: "Deus escreve direito por linhas tortas." Só no seu caso particular é que sua teimosia, seu amor ao conforto, sua procrastinação e sua luxúria tinham impedido que Deus endireitasse a linha por onde corria tão sem inspiração e sem graça aquela vida de padrezinho burocratizado. Suspirou:

— Ele se enfureceu quando viu os templos de Moisés transformados em vendas. Como não se sentiria se visse os Seus templos transformados em repartições públicas?

4

Quando, uns três dias mais tarde, Delfino deixou a casa de padre Estêvão, onde estivera a chamado do próprio padre, teve a impressão de que os problemas de sua vida se haviam resolvido. Não os financeiros, que eram os mais difíceis, mas aqueles outros que também eram duros de resolver. Depois da raiva que explodira em Mar porque ele não se confessava mais, o problema das duas faixas se tornara desses graves. Delfino sempre tinha querido se livrar da reserva mental que observava em relação à mulher unicamente naquele ponto, ou pelo menos esquecer-se daquilo, o que acabaria acontecendo, pois não há nada que o tempo não apague, dizia-se ele. Agora, depois da conversa que tinha tido com padre Estêvão, sentia-se com coragem para fazer a confissão e a comunhão que Marta queria dele. E ia fazer uma confissão sincera, pois sem dúvida se arrependera do roubo, principalmente ao saber que fora tão extenso, à sua revelia. Padre Estêvão, sem saber, evidentemente, que pecado ele vivia escondendo, tinha com muita habilidade mostrado que, fosse esse pecado qual fosse, havia absolvição para tudo:

— Basta a contrição — tinha dito padre Estêvão —, basta que o confessando saiba que é culpado para que a sua culpa seja absolvida pelo Cordeiro de Deus, que expia os pecados do mundo. A absolvicão não é uma medida de tolerância, um pagamento de fiança que nos deixa em liberdade. Ela representa, uma vez cumprida a penitência imposta, a ausência mesma do pecado que se cometeu. E o padre que ouve a confissão nada tem a ver com os efeitos que o pecado cometido possa ter no mundo, sejam eles quais forem. O maior pecado para um homem de Deus é o do orgulho, e isto de querer consertar o mundo com as armas que Deus nos deu para consertar as almas, isto seria o cúmulo do orgulho. A ordem no mundo e no universo é a função própria de Deus, e essa ordem só se realizará quando todas as almas forem livres de pecado, alvas como a lã do Cordeiro de Deus. Isto nós padres podemos fazer, apagar pecados e extinguir o máximo possível deles para que, juntando-se, não levem o mundo, pelo fogo, a um segundo fim. Mas, do ponto de vista da confissão, não podemos fazer mais nada. O mais sórdido crime que nos for confiado num confessionário será por nós guardado como a mais preciosa das gemas. Se o assassino da confissão da véspera nos cumprimentar como homem no dia seguinte nós lhe falaremos como a qualquer outro homem. Na ordem das pobres certezas humanas, Delfino, o sigilo da confissão é um penedo de Deus na terra.

 Delfino tinha compreendido o recado. E tinha compreendido também por que a paz voltara à sua vida a partir do dia tempestuoso em que Mar resolvera discutir o seu caso com padre Estêvão. Ela regressara da entrevista com o padre inteiramente amansada, aceitara o convite de d. Emerenciana e, ao subirem os dois da loja para casa, estava contente e tranquila. Quando alguma coisa nele a aborrecia, Mar era incapaz de se entregar com abandono; mas naquela noite, quando ele na cama buscara o seu corpo, tão familiar e de encanto sempre tão renovado, ela se entregara com o fogo e o perfeito abandono das noites sem nuvens. Padre Estêvão sem dúvida a tranquilizara e lhe prometera falar com ele, Delfino. Bastava-lhe agora um pingo de coragem para acabar de uma vez com aquela situação absurda. Ia confessar-se, livrar-se daquele peso de treze anos. Como era simples! Como a gente complica inutilmente, durante tanto tempo, a única e tão breve vida que tem!

Isto se dizia Delfino Montiel de alma leve, planejando sua vida futura como quem projeta um lago azul num parque. Uma vez confessado seu pecado, ele pediria a padre Estêvão que o garantisse, se, contando também a sua mulher o que acontecera, ela se escandalizasse demais. Tudo se arranjaria.

Mal sabia Delfino que a linha torta de Deus estava agora, em sua vida, fechando-se na mais torta das roscas. As coisas começaram a lhe acontecer de uma forma que estontearia mesmo pessoas de cabeça e alma bem mais fortes que a sua.

O que em primeiro lugar lhe aconteceu foi a visita, raríssima em sua loja, do sacristão Pedro. Podia contar pelos dedos as vezes que o vira ali. Seu pai já não gostava do molecote que Pedro era quando ele, Delfino, andava de calças bem curtas. Não encorajava de nenhuma forma as visitas daquele sujeito, ao mesmo tempo manso e sarcástico, com suas pernas tortas e suas insinuações maldosas sobre tanta gente. Lembrava-se também — mas vagamente, pois naqueles dias só pensava no seu próprio casamento — da aventura amorosa de Pedro com a Lola Boba. Muita gente divertia-se a valer com a história em Congonhas. Depois o sacristão tinha desaparecido por um bom pedaço de tempo e afinal voltado à sua sacristia. Lembrava-se também de que houvera um movimento local para impedir que o sacristão retomasse seu posto e portanto que ficasse em Congonhas, mas padre Estêvão tinha sido energicamente contrário à ideia. E Pedro tinha passado a viver tão apagadamente que em pouco tempo se fizera tolerado. Depois da aventura da Lola não tinha tido mais nenhuma. Parecia conformado com o mau juízo que Congonhas do Campo fizera dos seus amores repugnantes e Congonhas retribuía a atenção passando a suportá-lo. Mas de longe. Ninguém queria muito negócio com o sacristão. Neste ponto Delfino era congonhense até o sabugo das unhas. Mas havia outra razão, que ele mal gostava de confessar a si mesmo. O fato é que Pedro, que mal encarava fosse lá quem fosse, em geral pregava em Mar, sempre que a via, uns olhos muito lúbricos. Esbugalhados como já de si eram, os olhos de Pedro ficavam positivamente obscenos quando uma luz como aquela os iluminava. Pelo menos era o que parecia a Delfino, homem de um só amor-amor e de muito ciúme. Ele um dia tinha falado a Mar nos olhares de Pedro e a sorridente resposta de Mar foi que nem valia a pena ter ciúmes de um homem tão disforme — coitado — e tão feio. Delfino não tinha dito mais nada, mas podia ter explicado que os padecimentos de um ciumento nunca têm quartel. Ou o possível rival é horrendo como o sacristão Pedro e a só ideia de que a sua baba peçonhenta possa macular aquela que se ama é insuportável demais, ou o concorrente possível é belo e encantador e então lenha nas caldeiras do inferno para que o ciumento ferva em seu ciúme.

Pedro entrou desviando o olhar como sempre, mas esquadrinhando a loja com a vista, sem dúvida em busca de Mar, pensou Delfino. Ah, se aquele saci-pererê de sacristia ousasse algum dia dizer alguma coisa sobre Mar, com que prazer Delfino lhe achataria mais ainda o nariz com um soco.

— Sim, senhor, seu Pedro, que é que manda?
— Hum... Não sei bem, mas preciso de um presente.
— Um presente?
— Esquisito — riu Pedro, escarninho. — Nunca se ouviu dizer que eu desse presentes, não é mesmo?
— Ora, que nada, não se trata disto. Mas que espécie de presente? Para quem é o presente?
— Isto agora me admira muito. Você, que está no negócio de pedra-sabão por herança do velho Montiel, faz uma pergunta dessas a um moço solteiro que procura um presente?...
— Bem, desculpe se eu não devia ter perguntado, mas não pensei...
— Não pensou que estivesse sendo indiscreto, não? Mas é perigoso. Afinal de contas, eu não tenho compromissos com ninguém e bem posso a qualquer momento iniciar uma corte...

O sacrista não era de falar assim, tão engraçadinho, disse Delfino a si próprio. Teria bebido alguma coisa? Ou vinha ali para insultá-lo? Ou ia ousar falar em sua mulher? Delfino sabia onde, exatamente, sob o balcão, estavam os castiçais maiores, de haste longa e base ampla: perfeitas clavas de pedra-sabão... Estirou a mão e pegou um deles pela boca. Se tinha de quebrar uma primeira cabeça em sua vida, era melhor fazê-lo antes da confissão da Páscoa.

Mesmo sem fitá-lo, o sacristão parecia ter visto a palidez de Delfino e adivinhado quase o que lhe ia pela cabeça. Porque riu um riso de bom humor e disse:

— Ora, é claro que tudo isto é uma brincadeira e você não cometeu nenhuma indiscrição, não.

Aquele "você", quando os dois sempre se tratavam com cerimônia, doeu em Delfino como uma bofetada.

— Então você vá dizendo logo o que quer — falou.

O sacristão começou a passear pela loja, olhando as mercadorias expostas. Nem pareceu notar o tom evidentemente desabrido de Delfino.

— Pois quero mesmo que você me ajude, como se dispôs a fazê-lo. Sabe para quem é o meu presente?

— Não — disse Delfino, firmemente agarrado ao castiçal.

— Padre Estêvão! — exclamou o outro com uma solenidade meio chocarreira, parando no meio da sala. — Portanto, quero coisa de igreja, coisa pia, que dê gosto a um bom sacerdote como é padre Estêvão.

— Bom mesmo — disse Delfino provocador —, se não fosse tão bom eu conheço gente que devia estar na estrada pedindo esmola, bem longe daqui.

O sacristão virou-se, pálido, para Delfino e, contra os seus princípios, encarou-o, encarou-o com os olhos esbugalhados e um sorriso de ódio:

— O que vale é que ele inspira muita gratidão, sabe? Tanto assim que eu estou procurando aqui, para dar de presente ao padre, uma estatueta de Nossa Senhora da Conceição do tamanho da que desapareceu da capela dos Milagres naquele roubo da Semana Santa.

A mão de Delfino, que embaixo do balcão segurava o castiçal pela boca, inclinando-o para tê-lo pronto para atacar, abriu-se involuntariamente. Solto, o castiçal buscou o seu equilíbrio, mas caiu para o lado, derrubando um outro. Seu rosto, Delfino o manteve controlado. Era indiscutível que alguma suspeita, alguma ideia o sacristão tinha. Mas, se nunca dissera nada, devia ser pouca coisa. Delfino precisava de ser prudente.

— Não tenho nenhuma Nossa Senhora da Conceição em estoque — respondeu, abaixando-se calmamente como para ver o que é que causara o barulho.

Endireitou o castiçal e de novo se voltou para o sacristão, evidentemente desconcertado com sua calma.

— Que pena! — exclamou Pedro —, eu tinha tanta vontade de dar esse prazer ao meu benfeitor, o padre Estêvão.

— Seu sentimento é muito louvável, mas que posso fazer?

— Quem sabe então se o senhor não arranjaria uma Senhora da Conceição de madeira, como a que desapareceu?

Agora o sacristão é que tinha se danado consigo mesmo por haver involuntariamente voltado a tratar Delfino de senhor.

— Bom, isso talvez exista por aí, nos antiquários e lojas assim, mas não é o meu negócio.

O sacristão estava furioso. Tinha deixado a raiva que sentia por aquele hipócrita dominar o seu raciocínio. Ele se prometera a ferro e fogo irritá-lo bastante para, no momento exato, obrigá-lo a dizer tudo, a confirmar a sua suspeita. Mas tinha falado antes do tempo, tinha falado com raiva, tinha aberto o jogo cedo demais, não tinha encaixado a história das fotografias do Passo da Ceia! Ele se imaginara como um promotor terrível, Delfino a seus pés, ele a lhe bradar: "Responda! Responda!", e Delfino a lhe implorar: "Pelo amor de Deus, não conte a ninguém! Pelo amor que tem à sua mãe." E ele talvez então dissesse: "Pelo amor de d. Marta", ou simplesmente: "Pelo amor de Marta, sim! Se quer se salvar, convença a sua mulher a se entregar a mim. Eis o preço!" Quem sabe, talvez Marta descesse, atraída pelo barulho, e ele então poderia dizer a Delfino para cerrar a porta da rua, pois a multidão podia juntar-se. Isto ficaria bem, nobre. Em seguida contaria a Marta quem era aquele pulha. Talvez nem precisasse da intervenção de Delfino, sabe lá, talvez ela própria compreendesse logo a situação e se atirasse aos seus pés. Ele então a levantaria, nobre e terrível, a levantaria bem contra o seu corpo, sentiria o perfume daqueles cabelos, o peso daqueles ombros quando seguros pelas axilas, o gosto daquela boca na face meio desmaiada pela revelação sobre o marido e pelo contato de outro homem...

Em vez disso, estava ali Delfino, frio, na sua frente, esperando que ele fosse embora. Sim! Embora! Não tinha mais nada a fazer ali. Mas por enquanto. Uma coisa aquele canalha de bons nervos devia estar sabendo, por trás de sua frieza de gatuno de igreja: aquilo era a primeira jogada de uma partida que ia ser longa. Para marcar isto, Pedro Sacristão disse antes de sair:

— Me faça um favor, Delfino. Procure uma santinha assim para mim. Eu quero dar uma Senhora da Conceição igualzinha àquela ao padre Estêvão. Aí no seu negócio você encontra dessas coisas.

Relanceou os olhos ainda uma vez pelas prateleiras e disse:

— Eu volto amanhã ou depois.

Ao deixar a loja lançou uma mirada pela escadinha da casa acima, na esperança de vislumbrar talvez Marta descendo, Marta vista de baixo para cima, numa perspectiva nova. Mas não desceu ninguém. Foi subindo a rua danado da vida, mas se prometendo uma forra dentro de pouco tempo. Nem que precisasse meter aquele bobo do padre Estêvão no meio. Ele já sabia de metade da história, o padre, pois d. Marta lhe contara aquelas coisas. Se Pedro lhe facilitasse a outra metade, é impossível que ele não pusesse as duas coisas juntas. Prova provada, no duro, não havia. Mas que a verossimilhança da sua versão era tremenda, lá isso era. O Fininho não perdia por esperar. Aquele bom nomezinho que tinha arranjado ia estourar feito uma bolha de sabão. Mas por enquanto nada de meter padres nem terceiros. Paciência, paciência no jogo, que a aposta em cima da mesa era Martinha, a do cabelo de sol e anca de égua!

Quando o sacristão saiu, Delfino sentiu as gotinhas de suor que iam brotando em sua testa e os joelhos que dobravam... Agarrou-se firme ao balcão, com desespero, como se estivesse se afogando e aquilo fosse a tal tábua dos náufragos. "Eu volto amanhã ou depois", tinha dito Pedro. Durante alguns minutos ficou imóvel, siderado. No entanto, em meio àquele caos de pensamentos que se entrechocavam havia um consolo, uma certeza qualquer que só pedia para ser trazida à tona do remoinho. E de repente veio: a conversa com padre Estêvão, o convite ao arrependimento e à confissão. Agora a confissão se transformava em operação urgente. Ele podia, no meio da sua confissão, contar a chantagem que lhe fazia o demônio do sacrista. E não se diga que era indecente isto, que ele só ia se confessar para acusar o outro de chantagem. Antes de aparecer Pedro na história, ele já tinha resolvido se confessar, não era mesmo? Ele sentia que se contasse tudo a padre Estêvão teria o melhor aliado possível. Como um barco impelido de volta à sua angra, tudo o impelia de volta a Deus: o certo e o útil. Num impulso de fervor como não sentia há muito tempo, Delfino benzeu-se. Aquela chantagem era sem dúvida a provação da sua vida. Mas Deus, que sempre dá a roupa de acordo com o frio, mandava-lhe o satanás tentador sob a forma do torto sacristão, mas sugeria logo o apoio do padre. Deus estava mesmo disposto a recuperá-lo. Pois Delfino cedia, curvara-se graciosamente à Sua vontade. No dia seguinte, ao se levantar da cama, ia diretamente à confissão.

5

Marta sempre se levantava primeiro e saía para pegar ela mesma o pão fresco da esquina. Fazia o café e trazia a Delfino uma xicrinha na cama. Naquele dia o ritual estava prejudicado, pois ela entrou no quarto alegremente, o embrulho do pão ainda debaixo do braço, e sacudiu Delfino:

— Delfino! Delfino! Ele não morre tão cedo.

— Quem é que não morre? — perguntou Delfino, estremunhado e espantado.

— Adriano, Adriano Mourão. Está chegadinho a Congonhas. Tão mais velho que você nem conhece!

Uma nuvem negra toldou logo o céu de coragem sob o qual Delfino tinha deitado na véspera. Que nova complicação podia ser aquela? Ele imaginava que nunca mais ia ver Adriano Mourão, e este lhe aparecia logo num momento daqueles, de crise? Mau, mau.

— Que é que ele veio fazer aqui?

— Sei lá, está comprando coisas, como sempre. Eu bem que tentei arrancar alguma coisa dele, mas ele continua misterioso. Todo chique, como sempre, mas tão velho, Delfino, você nem acredita! Parece pai do Adriano. Ele regula com você, não regula?

— É, um pouquinho mais velho.

— Ah, meu filho, está *muito* mais velho. Ele quer muito falar com você. Quer uma ajuda, disse, e quer principalmente rever o amigo.

— Está bem, está bem, e café, não tem hoje? — perguntou Delfino, de mau humor.

— Não zangue comigo, benzinho — disse Mar, dando-lhe um beijo na ponta do nariz. — Eu tinha de avisar você logo, não é mesmo? Imagine, e nós falando nele ainda não tem dois dias!

— Ele foi para o hotel, não foi?

— Foi sim, ainda estava de mala na mão, chegando de trem. Meio danado porque não encontrou táxi. Bem, agora vou fazer o café do meu amor, senão ele me come viva. Você parece que não está com nenhuma vontade de ver aquele finório, não é?

— Não estou, não.

— Ah, sabe, ele não disse palavra sobre o tal do seu Juca Vilanova. Vai ver que não existe mesmo seu Juca nenhum, como você disse. Ah, o Adriano disse que ia tomar café e um banho e que aí pelas onze horas passa na loja.

Aquela era Mar vivinha. Se Adriano tivesse chegado antes de ela desabafar com padre Estêvão provavelmente teria havido tempestade em casa. Mas, uma vez que tomava uma resolução e a cumpria, seu céu se desanuviava logo. Que é que Adriano podia querer dele, santo Deus? Que visita mais estapafúrdia aquela. O pior é que para começo de conversa já lhe atrapalhava o programa da manhã. Talvez o melhor fosse ignorar o recado do Adriano e tocar para a igreja como planejara. Mas num lugar como Congonhas isso não adiantava muito. Adriano o acharia logo. Não, o melhor era conversar com ele antes. O provável, o quase certo, é que Adriano desta vez quisesse alguma informação de verdade, alguma ajuda honesta para um negócio qualquer. Existisse ou não o tal do seu Juca Vilanova, já fazia tanto tempo que Adriano tinha trabalhado para ele que agora talvez estivesse estabelecido por conta própria. É, sem dúvida era isto. De qualquer maneira, ainda que fosse possível, como ia ele recusar-se a receber o velho amigo de infância, o amigo que o levara a Mar? A escrita de Deus era mesmo complicada. Veja-se aquele caso do Adriano. Sem ele sua vida não teria sido o capítulo do roubo, sem o qual bem podia passar. Mas sem Mar é que sua vida jamais teria significado coisa nenhuma! Imagine-se isto: Delfino sem Mar! E Delfino, enquanto esperava o café, rememorou aquela cena básica de sua vida, cena que, de tanto ser relembrada, já estava, na sua mente, um tanto dobrada nos cantos como um livro muito manuseado: Mar entrando como uma agulha na dobra da onda, encarregada por Deus, sem dúvida, de salgar o mar... No mesmo momento, porém, Delfino rememorou, com esta memória que nossos membros também têm, a impressão que lhe ficara na mão direita da boca fria da baleia de Jonas, um instante antes do roubo.

Mas já entrava Mar com o café, os olhos ainda brilhantes da impressão do encontro com Adriano. Tudo estava bem num mundo em que se tinha por companheira o próprio sal do mar.

E Delfino sabia o que ia dizer ao Adriano, caso ele viesse novamente com propostas indecorosas: o sacristão Pedro estava na pista do roubo da Semana Santa. Qualquer imprudência naquele terreno podia ser fatal a *todos eles*. Sim, porque ele, Delfino, acharia um meio delicado de deixar isto bem claro: se fosse implicado, ia contar a história toda, com todos os pormenores que conhecia. Mesmo que seu Juca Vilanova fosse uma invenção de Adriano, ele próprio, Adriano, não havia de querer negócios com a polícia e a Justiça. E o sacristão — ameaça da véspera — virava agora, de certa forma, um belo trunfo. "Nada como a gente ter boa cabeça", disse Delfino a si mesmo, sorvendo o café forte e quente que lhe trouxera Marta. "E fé em Deus", acrescentou.

— Detestável cidade! — tinha exclamado Adriano ao chegar a Congonhas sem encontrar táxi que o levasse ao hotel. Agora mais do que nunca ele sentia horror pela sua cidade natal, porque agora, ou há algum tempo, sentia que era melhor não haver nascido. Até um certo ponto de sua vida — até o roubo da Semana Santa para maior precisão — ele gozava a vida. Tinha rancores. Lembrava-se do pai açougueiro com desprezo e impaciência e pensava na mãe com pena e vergonha, mas, de certa forma, via ambos como males necessários: tinham existido para que ele existisse, para que vestisse camisas de seda feitas sob medida e ternos de tropical ou linho branco S-120. Em todo o caso, nunca nada mais pesado do que tropical, pois Adriano Mourão gostava de sentir seu corpo forte em estado de disponibilidade e leveza sob a roupa: gostava de se sentir vivo. Esse gosto é que tinha perdido. Sua vida não era mais o que fora: fato mais importante na história da raça. Era alguma coisa a ser carregada, como se carrega uma mala pesada. Era isto, a comparação era perfeita: agora sua vida era uma mala a ser carregada na mão, pois o táxi que era o prazer de viver nunca estava no ponto. Diga-se a verdade toda. Não ocorria a Adriano Mourão largar sua vida no meio do caminho como quem larga uma mala pesada demais na beira da estrada. Apesar de todos os pesares, continuava grudado ao existir. Mas que perdera o impulso, lá isto perdera. E o mundo inteiro, antigamente tão gostoso e diverso do que vira na infância, era agora uma grande Congonhas espetada de profetas verdes e marcada pelas lembranças da meninice torpe, de um cinzento monótono e só aliviado pelo sangue que respingava do chanfalho com que o Manuel Magarefe cortava carne de segunda para um povoado de terceira. Antigamente gostava de arriscar, de viajar escoteiro. Andava de valise pequena, com dois ternos de tropical e seis camisas de seda para que sempre o vissem bem posto. Dormir, dormia de cueca, e nos hotéis ia para o banheiro de toalha amarrada na cintura. Quanto à comida e à bebida, isto de que gostava muito, deixava ao acaso como todo o mundo. Mas agora, agora que amava muito menos a vida, fazia muita questão da sua bebida e precavia-se até quanto a boias que pudessem ser mais intragáveis. O pesado na sua mala eram três litros de uísque e uma pequena bateria de latas de patê e salsichas. Confiança no mundo, nos outros, ele jamais tivera. Mas depois do roubo da Semana Santa baixara sua confiança em si mesmo.

Quando voltou do banheiro no fim do corredor tirou da mala um tropical bege, uma camisa de seda bem passada e saiu para ir à loja de Delfino. Era bom ter encontrado Marta assim, por acaso, pois a estas horas Delfino já estava avisado da sua visita; não havia o gelo dos primeiros momentos a partir. "Como tinha ficado bonita o diabo da menina!", disse Adriano a si mesmo, ainda com a impressão que tivera da Marta de outros tempos, tão esguia, tão menina de praia, agora com cara de mulher, quadris redondos e aquele sorriso de contentamento no rosto. Como diabo podia alguém estar contente de casar com Delfino Montiel, negociante de objetos de pedra-sabão em Congonhas do Campo, Minas Gerais? E ela tinha falado em seis filhos, Virgem Maria! Como é que uma bananeira podia dar tanto cacho e continuar de caule tão sólido e folhas tão lustrosas era um mistério. Quando se sabia que espécie de vida levava essa bananeira, o mistério era insondável. Aliás, não era só em relação a Marta que Adriano tinha agora pensamentos dessa ordem. Preocupava-o o mistério das outras vidas. O que é que tangia as pessoas para a frente? Que interesse podia ter em viver um gari? E um garçom de botequim do Engenho de Dentro? E uma mulher da vida em Aragarças? A pequeníssima percentagem de suicídios em relação às catadupas de pessoas vivas no mundo inteiro parecia-lhe incompreensível. Os homens tinham mesmo a casca grossa! O caso dele era naturalmente diferente. Sua vida tinha sido das mais interessantes, das mais agitadas e alegres até o roubo da Semana Santa. Ali o que ele devia ter feito, e o que ainda dizia a si mesmo que devia fazer, era deixar o serviço de seu Juca Vilanova. Tudo tinha seus limites e certas coisas a gente não devia fazer. Ele não acreditava naquelas besteiras de outra vida. Outra vida, os tomates! Inferno e céu eram aqui mesmo, conforme a gente estivesse numa lona danada ou com uma dor de corno de morte ou estivesse com a gaita e com tudo mais. Mas não custava viver dentro de certos limites. Se acontecesse, o que não era nada provável, que houvesse mesmo aquela besteira de inferno e céu, não custava o cara viver de um jeito que pegasse um purgatoriozinho no caminho mas depois pudesse meter o nariz do avião para o hangar lá de cima.

— Salve, Delfino — disse ele, abraçando o amigo. — Puxa, você, se a gente não vem ver aqui, não é visto em lugar nenhum, hem!

Delfino tinha sido avisado por Marta do envelhecimento do amigo, mas não esperava que fosse tanto assim. O que mais impressionava à primeira vista era o cabelo ralo e branco. Isto que lhe devia acentuar os caracteres portugueses da fisionomia não fazia nada de semelhante, porque a cor de suas faces desaparecera sem deixar vestígios e, como Adriano tinha emagrecido e portanto encolhido muito, a pele ressequida da cara estava engelhada e escura. A coisa era tão dramática, estava tão mais feio o seu amigo, que Delfino a custo controlou a vontade que lhe deu de rir. Que ruína o velho Adriano!

— Eu há que tempo estou planejando uma viagem ao Rio. Mas com aquela criançada em casa! Sabe que estamos com seis, não?

— Sei, a Marta me disse. Isto é família de nordestino, rapaz!

— E você, Adriano, não se decidiu a dar o grande passo?

— Casamento? Ah, meu velho, elas não me querem — disse ele com o sorriso e tom exato de quem quer significar o contrário.

— Você é um gavião, isto sim — disse Delfino, deliciando-se com a vista daquela careca, daquele rosto de galo velho, pois nada nos faz sentir mais jovens do que o envelhecimento dos contemporâneos. — Mas que bons ventos o trazem a esta cidadezinha?

— Ah, meu velho, a luta pela vida, as compras. A gente deixa os lugares descansarem durante alguns anos e depois vem em busca de cadeiras outra vez, de sofás e mesas de fazenda, de bibelôs etc. Ainda tem muita coisa bonita aí pelas Minas Gerais. O diabo é que as pessoas às vezes custam a empobrecer, a vender o que os avós guardaram.

— Olhe, a Marta quer muito que você venha jantar conosco.

— Ah, uma bela ideia. Eu gostaria muito de conhecer as crianças. Mas antes, Delfino, queria ter uma conversa com você, a sós. Uma conversa como as dos velhos tempos.

— Dos velhos tempos de colégio ou de há treze anos?

— De há treze anos.

"Diabo! Lá vem ele com novas complicações", disse a si mesmo Delfino, que ainda esperava que a visita do amigo pudesse ser, se não desinteressada, pelo menos não tão interessada quanto naquele tempo. Além disso, o Adriano parecia muito menos urgente, muito menos apaixonado pelo que fazia do que da outra vez.

— Bem — disse Delfino na defensiva —, podemos conversar.

— Venha almoçar comigo. Avise aí a patroa que você almoça no hotel, e vamos. E eu venho jantar com vocês. Você tem ainda o ajudante, não tem?

— Tenho. Ele foi ao escultor, mas não demora. Isto não tem importância. Eu fecho a loja e aviso Marta. Se o Joselito demorar, ela desce um pouco, mas não vai ser preciso.

Delfino subiu para prevenir Marta e dizer-lhe que Adriano jantava com eles. Ele ia almoçar e voltava à loja depois do almoço.

Foram subindo juntos a rua, na manhã fresca. Adriano sentia-se tão bem, com o friozinho a passar pelo tropical e a resfriar sua camisa de seda que, se não fosse a conversa que precisava ter com Delfino e que lhe lembrava melhor que qualquer outra coisa sua sujeição a seu Juca Vilanova, ele até se sentiria bem e em paz com o mundo, apesar de se achar em Congonhas do Campo. Quanto a Delfino, estava firmemente disposto a resistir a qualquer proposta de Adriano nos termos daquela outra. Ah, nunca mais! Nada valia sua paz de consciência e a harmonia em casa. Estava ele fortificando essas resoluções quando, ao dobrarem a rua, já na calçada do hotel, viu o sacristão, que descia dos lados do santuário. Delfino sentiu um arrepio de mau agouro. Mas depois se tranquilizou. Não acreditava que o sacristão tivesse sabido da visita de Adriano a Congonhas ao tempo do roubo da Semana Santa. E positivamente ninguém identificaria o rosado e desempenado moleque de rua que Adriano tinha sido no cavalheiro de pele de pergaminho, magro, seco e escuro dentro da roupa brilhante. O sacristão veio se aproximando dos dois homens que subiam a ladeira em silêncio e a uns dez metros deles parou e sorriu. Sorriu, aquele animal geralmente acanhado demais e safado demais para erguer os olhos para os seus semelhantes.

— Ora, se não é o filho do meu velho amigo Manuel Mourão! E com o meu prezado Fininho!

Delfino ficou estatelado. A audácia daquele cachorro estava crescendo aos saltos, como se ele tivesse alguma prova, alguma certeza. Era incrível. Diabo do sacristão. Ele precisava falar com padre Estêvão sem demora. Quanto a Adriano, que não sabia que o sacristão soubesse de coisa alguma, tratou-o frio:

— Bom dia.

— Então de volta a Congonhas? É de vez?

— Deus me livre.

— Ah — riu o sacristão. — Eu gosto de gente assim, franca, que mete os peitos e diz o que pensa. Já aqui o nosso Fininho não é homem de descobrir nenhum jogo, não é mesmo?

— Bom. Passe bem — disse Adriano ao sacristão. — Vamos, Delfino.

— Vejo que estão com muita pressa, e não vou prendê-los. Mas quer dizer — falou ainda a Adriano — que não é de vez ainda, não? Vem ainda como turista?

— Venho como quero, ó Pedro. Que é que há com você? — disse o outro, agastado com as intimidades.

— Mas não esqueceu a maquininha de retrato, esqueceu?...

Riu mais uma vez, bateu com a mão na cabeça, como em continência, e afastou-se antes mesmo que os dois entendessem a alusão.

— O que é que deu neste animal que fala tão pouco?...

— Eu depois quero falar com você a respeito do Pedro — disse Delfino à guisa de resposta.

Maquininha de retrato?... Agora, num lampejo, Delfino tinha entendido. E o frio de um minuto atrás deu-lhe agora um verdadeiro arrepio. Aquilo significava, sem sombra de dúvida, que o sacristão tinha visto Adriano batendo as chapas na capela da Ceia. Em si, isto não era assim tão terrível. Mas que saberia ele além disso? E se agia com tanta segurança, podia até ter visto também o roubo da Nossa Senhora da Conceição... "Impossível!", exclamou Delfino dentro de si próprio. Isto era impossível. Ele mesmo vira o Pedro, vestido de são João Evangelista, saindo na testa da procissão, muito compenetrado do seu papel. Mas, fosse como fosse, tudo isto eram argumentos a usar com Adriano se viesse com propostas semelhantes às da outra Semana Santa.

A primeira coisa que Adriano fez ao chegar ao quarto foi tirar da mala uma garrafa de uísque e pedir soda e gelo. Gelo era impossível arranjar àquela hora, veio a informação. Uma garrafinha de soda sempre apareceu. Delfino recusou a bebida, deixando para tomar um gole bem antes do almoço, e ficou assombrado de ver como o amigo estava bebendo forte. Adriano não misturava a soda com a bebida. Bebia sua talagada de uísque e depois um gole da soda por cima. Não fazia careta nem nada quando virava o uísque. Havia apenas no seu rosto uma sofreguidão, como se estivesse com dor de garganta e aquilo fosse um bálsamo, uma poção urgente. Lubrificado, Adriano começou:

— Delfino, você me conhece bem, sabe que eu não gosto de perder tempo em rodeios. O fato, velhinho, é que seu Juca Vilanova precisa de novo dos seus serviços...

Como Delfino quisesse abrir a boca, Adriano o deteve com a mão:

— Está disposto a duas coisas: a prometer a você, em cruz, que nunca mais lhe pede nada, e a pagar ainda melhor que da outra vez. E da outra vez a paga não foi nada má, foi?...

— Não se trata disto, Adriano — disse Delfino, meio aborrecido pelo ataque direto ao assunto, com menção imediata de paga. — Em primeiro lugar, eu prometi a mim mesmo que nunca mais me metia em outro negócio como aquele.

— Ora, Fininho, mas que tolice. Qual foi o prejuízo que lhe deu? Nós fomos de uma honestidade a toda a prova com você, não é assim?

— Não diria que foi tanto assim, Adriano. Eu nunca soube que vocês tinham planejado um roubo extenso como aquele, para empregar as palavras exatas como você faz.

— Mas que diferença podia isto lhe fazer, meu velho. Eu teria dito, se imaginasse...

— É claro que faz diferença.

— Sua tarefa teria sido a mesma.

— Mas eu teria sabido em que funduras me metia.

— Quais funduras? Não houve fundura nenhuma.

— Olhe aqui, Adriano, o fato é que eu... eu me senti membro de uma quadrilha, uma quadrilha de bandidos — exclamou Delfino, encolerizado.

— E você gosta de ser bandido sozinho?...

— Escute, eu acho que desta vez a gente não vai nem poder conversar. O melhor é eu ir logo embora e pronto.

Adriano viu que a coisa estava indo por água abaixo e, enquanto se servia de mais um gole de uísque, tratou de remendar a situação.

— Desculpe, Fininho, este começo desastrado de papo. Nós estamos agindo feito dois guris. A verdade é que a operação da vez passada tinha sido planejada pelo próprio seu Juca Vilanova, e ele não queria que os que iam executá-la conhecessem o plano geral. Você tem razão. A proposta que lhe fizemos não incluía um conhecimento pleno da coisa. Tem toda a razão. Mas agora, eu lhe juro pela minha felicidade, pelo que você quiser, agora trata-se apenas de uma pequena operação em Congonhas, só aqui. E o preço quem diz é você. Seu Juca Vilanova tem a melhor impressão de você e...

— Olhe, Adriano, eu quero antes de mais nada dizer uma coisa a você. Eu concordei, num momento de necessidade, em roubar aquela imagem e arranjar as chaves para você, mas jurei a mim mesmo que nunca mais faria coisa assim. Você sabe o que me aconteceu? Nunca mais pude me confessar, de vergonha de contar o roubo, e nunca mais tive com Mar a intimidade de antes. Passei a ter um segredo para ela.

— Ora, vamos, Fininho. Confessar ao padre você devia ter confessado logo, pois ele absolvia você e estava o assunto encerrado. Quanto à sua mulher, que diabo, a gente deve ser marido-modelo, mas não tanto assim. Os casados, em geral, têm não um, mas dezenas de segredos em relação às patroas. Que diabo, homem, você quer chegar ao reino dos céus como uma espécie de exemplo do marido que nunca escondeu nada da consorte? Assim não pode.

— Não, Adriano, a coisa é séria. É um segredo de verdade, uma coisa que eu cometi e que não foi uma leviandade, um flerte, uma aventura. Um roubo, que diabo, muda a gente por dentro.

— Fininho, a vida não é história de Trancoso. É para valer. Sem aquele dinheiro, me diga, você teria se casado?

— Casar com Mar eu casava de qualquer jeito.

— Hum... Mas quanto tempo ainda ia esperar? E você nunca foi homem de esperar pelas coisas.

— Está bem, esta você leva. Sem aquele dinheiro eu ia levar muito tempo para me casar, mas agora estou casado. Pronto.

— Casado pronto não é uma resposta, Fininho. Há quanto tempo você não leva Marta ao Rio? E esses garotos seus, vão crescer aqui feitos uns bugres, uns meninos de pedra-sabão?... E como é que você vai educar o grupo todo? Casado pronto, não. No casamento a gente começa.

Delfino sabia que o argumento do sacristão ia ser final. Resolveu então ouvir a resposta. Em parte, para ver a cara do Adriano depois. Em parte, também, para ter um prêmio de consolação. Não ia se deixar corromper, mas podia pelo menos deixar-se embalar um pouquinho pela voz da corrupção.

— Pelo jeito que você está falando, Adriano, o velho Juca Vilanova está disposto a pagar mesmo, não está?

— Você faz o preço.

— Mas se a coisa é assim, o que é que ele está querendo? Que a gente roube para ele as seis capelas dos Passos ou o santuário inteiro do Bom Jesus de Matosinhos?...

— O espantoso é que seja tão pouco o que ele deseja, principalmente quando se dispõe a pagar tanto. Ele só quer uma coisa...

— O que é?

— Aquela estátua do Judas que eu fotografei da outra vez.

— Como é?... Quer a própria estátua?... Mas aquilo é do tamanho de um homem.

— Pois é, isso até ajuda. Seu Juca Vilanova já imaginou tudo. O importante é você, Delfino, arranjar as chaves para o momento exato. Baseado nas fotografias que eu tirei, temos as medidas exatas do Judas. Compramos para ele uma capa de chuva e um chapéu de feltro...

— Para que, santo Deus?

— Ora, você lhe enfia a capa e o chapéu e nós dois, cantando, o levaremos entre nós como quem leva um bêbado. Teremos um carro à nossa espera e vamos diretamente embora de Congonhas. Isto nós, eu e quem vier comigo para ajudar. Você, seu felizardo, vai calmamente para casa com a erva no bolso.

Delfino tinha reparado que, mal entrara no assunto do roubo de Judas, Adriano já tinha tomado duas doses de uísque e estava de uma palidez terrosa.

— Isto é mais arriscado do que o que eu tinha de fazer da outra vez — observou Delfino, começando a barganhar.

— Talvez. Um pouco mais. Mas lembre-se também de que o roubo provavelmente leva dias a ser descoberto, como da outra vez, e que ninguém vai saber de nada. A coisa é perfeitamente impermeável, também. Dinheiro bom e ganho na moleza.

— Quanto?... Vai ver que é negócio aí de uns 100, 150...

— Não, Fininho, mete a faca no velho! Arredonda isto.

— Duzentos?...

— Lasca logo 300, companheiro. Ele espirra a erva. Ele tem muito mais do que lhe faz bem — terminou ele, rancoroso.

Delfino ficou perplexo. Em primeiro lugar, ele agora sentia seu Juca Vilanova vivo, existente, palpitante, muito rico. Se Adriano estivesse agindo por conta própria não ia ele mesmo elevar assim o preço da colaboração do amigo. E, em segundo lugar, a intoxicação da cifra... Por que, Deus, fazê-lo assim tão sensível aos números referentes a dinheiro? Por que aquela doentia capacidade de imaginar 300 contos primeiro em notas de mil, depois de quinhentos, depois de duzentos, cem, e até imaginar o bolo, a pirâmide, a massa de 300 contos trocadinhos em notas de um cruzeiro?... E aquilo em moedinhas de 20 centavos, por exemplo, que beleza não seria! Com 300 contos ele saldava todas as dívidas, reformava a loja, tocava o Jamil para fora de Congonhas, punha os meninos maiores no colégio de Ouro Preto e ia com os menores e com Mar passar férias no Rio. De repente, do fundo do seu sonho viu surgirem dois pontinhos luminosos que vieram crescendo, crescendo, criando globo branco, roda preta, veias roxas e esbugalhando-se ferozes: eram os olhos de Pedro, o sacristão.

Foi seco e concludente que ele disse a Adriano:

— Há um pormenor aí que você ignora.

— Qual é?

— Sabe a que maquininha de retrato se referiu ainda agora o sacristão, o Pedro lá do santuário?

— Quem? Pedroca? Que me importa!

— Ele se referiu à sua máquina, àquela máquina com que você tirou o retrato do Judas para seu Juca Vilanova.

— Mas... você?...

— Não, pensa que eu sou doido? Pois se nem me confessei mais depois daquela Semana Santa, a não ser para me casar! Você não acha que eu ia fazer confidências àquele estafermo, acha? Logo eu, que se pudesse esganava esse Pedro da Lola Boba!

— Será então que ele nos viu?

— Sei lá, acho que aquela peste tem partes com o demo, sei lá. O mais esquisito é que ele parece que descobriu tudo agora. Nunca deu um pio a respeito. De repente, ontem mesmo, entrou lá na minha loja e só faltou dizer que eu tinha roubado a Nossa Senhora da Conceição da capela dos Milagres! Foi só o que faltou.

— Não me diga! Marta teria...

— Ora, pois eu já não lhe disse — respondeu Delfino com amargor — que o raio do roubo da Semana Santa tinha me tirado a intimidade total que eu tinha com minha mulher! Nunca disse nada a ela.

— Eu não creio que aquele canalha tivesse guardado um segredo desses durante tanto tempo. Algo de novo ele só descobriu agora... Mas isto atrapalha tudo. Tudo!

— Ah, meu velho, se desaparecer um alfinete de igreja aqui em Congonhas o Pedro se pendura no badalo do sino do santuário para reunir o povo e dar uma entrevista... Não se iluda, não.

Era com alívio e com um sentimento de vingança que Delfino falava assim. De alguma forma ele tinha a certeza de que padre Estêvão o ajudaria a combater o sacristão. Mas, no momento, graças ao sacristão, ele gozava a capacidade que tinha de resistir a Adriano e suas propostas. A situação era estranha: sua virtude era, por assim dizer, protegida pelo danado do sacristão. Mas Deus, como diz padre Estêvão, tinha lá seu jeito de escrever direito por meio de linhas tortas.

— Vai ser um abalo para seu Juca Vilanova — disse Adriano. — Ele quer esta estátua como há muito tempo não quer nada. E quando acaba...

O curioso, porém, é que Adriano também tinha recebido a notícia como boa... Não podia haver dúvida a respeito. Sorveu o seu uísque com calma, sem agarrar o copo nos dedos convulsos, acendeu um cigarro, soprou a fumaça para o teto. Estava distendido, afrouxado...

— Que malandraço, o Pedroca. Ninguém diria...

— Pois é — disse Delfino, rindo —, o Pedroca, com aquele jeito de quem não está enxergando nada! O noivo de Lola, veja só!

— Tome lá um gole!

— Agora aceito — disse Delfino.

Os dois copos se chocaram numa saúde, Delfino bebeu com gosto o uísque, que só tomara no Rio, na casa do próprio Adriano, e que tinha deixado na sua memória palatal uma lembrança de suco de madeira boa espremido ao sol.

— Ora veja, o Pedroca — disse Adriano. — Salve o Pedroca!

E os dois, subitamente às gargalhadas, beberam com alívio à saúde de Pedro Bastardo, Pedro Sem Sobrenome, Pedro Sacristão.

Nem Delfino nem Marta jamais tinham visto Adriano Mourão tão bem-disposto como naquela noite à mesa do jantar. Até sua palidez de terra abrandara um pouco. Quase reapareciam sob a pele malsã as cores de outrora. Gabou sem cessar o leitão com farofa e bebeu sozinho duas garrafas de cerveja, apesar de antes do jantar ter chupado bem uns três cálices da cachaça de Pirapora. Depois ele e Delfino, para horror de Marta, ainda se puseram a beber uísque, pois

Adriano tinha trazido duas das suas garrafas de presente para o amigo.

Adriano já estava meio tocado quando Marta, rindo, contou-lhe que até andara suspeitando da inexistência de seu Juca Vilanova, que ninguém via, que não aparecia em lugar nenhum.

— Ah, que ele existe, existe — disse Adriano —, mas não é homem de se misturar com ninguém. Um... um esquisitão! Ele é capaz de adoecer de verdade com as más notícias que eu levo daqui.

— Más notícias? — perguntou Marta, olhando Adriano e Delfino.

Adriano, para que Delfino não tivesse de mentir, falou rápido:

— Ele queria toda a mobília d. José que foi retirada da casa de Marília de Dirceu; mas qual, já foi toda vendida! Me disseram que tinha vindo aqui para Congonhas, mas eu apurei logo que aqui não ficou nem uma cadeira! O pior é que foi tudo vendido em lotes. Nunca mais se reúne a casa toda. Seu Juca vai ficar inconsolável. Ele tem coisas assim. Feito uma criança. Fica com uma asma quando o contrariam! Vocês nem avaliam! Mas viva a nossa!

E Adriano Mourão, feliz e despreocupado, virou mais um uísque com pouca água e lambeu os beiços.

6

Os dois se haviam separado como verdadeiros amigos. Delfino tinha ido à estação e, enquanto aguardavam o trem, haviam mesmo chegado às confidências. Delfino — que quase insensivelmente se adaptava à pessoa com quem estava e que em conversa com Adriano fingia-se menos religioso do que era para causar melhor impressão — dissera ao amigo que estava resolvido a ir ao confessionário o mais depressa possível.

— Você sabe como é, Adriano, a Mar é muito religiosa, mas muito mesmo. Não tem carolice com ela, não, mas cumpre tudo que manda a Santa Madre Igreja. Ora, imagine casar-se com um homem que não se confessa e não comunga mais!

— É, as mulheres levam isto muito a sério. E você sempre conservou o hábito de ir à missa e comungar e tudo, não é mesmo?

— Bem, você sabe como são essas coisas. A gente fica com o costume, vai fazendo aquilo...

— Eu sei, eu sei — disse Adriano —, cidade pequena, a gente não tem nada que fazer, a igreja sempre é um programinha, que diabo. Mas, escute — prosseguiu —, você não acha que sua confissão aqui é perigosa? Por que você não vai desabafar em alguma outra paróquia, fora da zona do roubo da Semana Santa?

— Em primeiro lugar, porque não adiantava mesmo. O negócio é o seguinte: eu moro aqui. Mesmo que me confessasse fora daqui uma vez, quando confessasse aqui tinha de voltar ao assunto.

— Ué, para quê? Sai para outros pecados, Fininho. O mal é que você peca muito pouco e fica enchendo os padres com as mesmas histórias.

— Não — disse o outro, irritado —, eu até peco bastante. Você é que não entende nada do assunto. Você não vê que se eu, de plano, não falasse nisto em confissão feita aqui estava cometendo um *outro* pecado?

— Puxa, você parece até padre... Mas, olhe, Fininho — continuou Adriano, abandonando aquele tom que já começava a enfurecer Delfino —, você não acha que o momento não é propício, com esse sacristão a envenenar as coisas agora? Ele estava tão desabusado quando nos encontrou na rua que é capaz de estar planejando alguma falseta.

— Que ele está cheio de gás, está, mas só agora é que ele acordou, e treze anos já se passaram. Treze anos é coisa à beça. Uma denúncia contra nós, baseada em suposições e feita por um cara desmoralizado como o Pedro Sacristão, o Pedrinho da Boboca, não é coisa de funcionar assim à toa. Se a gente ensaiasse outro roubo, como esse do Judas — disse Delfino falando em voz baixa —, aí sim, aí o malandro punha dois com dois e mostrava a todo mundo que a soma é quatro mesmo. Diga lá ao seu Juca Vilanova que por aqui ele não arranja mais nada, não. Mas o que eu queria dizer a você era isto: o padre Estêvão é um homem às direitas. Eu indo a ele, confessando a história toda, ele pode me dar uma penitência de arrasar, mas fica comigo. A única coisa que o danado do sacristão pode tentar fazer, e ele é capaz de qualquer negócio, é me desmoralizar com piadas, me atemorizar, não me deixar em paz. E para uma coisa assim o padre Estêvão vai ser formidável. Num instante põe o Pedro no lugar dele.

— Mas ele, apesar de agir assim como naquele encontro que teve conosco ontem, ainda respeita você, não é?

— Ah, sim — respondeu Delfino, categórico.

Mas estava se lembrando não só da visita que o Pedro lhe tinha feito à loja como de algo que acontecera na noite da véspera, depois que Adriano, feliz e encharcado de uísque, se despedira dele e de Marta. Já ia pegando no sono quando ouviu um violão lá fora e uma voz de rapazola cantando. Era uma serenata! O rapaz cantava bem embaixo da janela, em quase surdina. Delfino sentou na cama e ia acordar Marta quando viu que ela já acordara e tinha os olhos abertos de espanto.

— Quem será? — perguntou ela.

— Não sei — disse Delfino. Mas, como bom ciumento que acha sempre melhor fazer uma alusão às cegas do que parecer que não sabe de nada, acrescentou: — Provavelmente aquele seu admirador.

— Quem? — indagou ela, no maior espanto.

— Aquele cara da baratinha, que não comprou nada outro dia, mas que ficou de conversa com você na loja.

— Ora, Delfino, deixa de bobagem. O sujeito foi embora. Tinha placa do Espírito Santo no carro.

— Ah, você reparou isto também!

— Ora, vá amolar o boi — disse Marta.

Aí se ouviu sem sombra de dúvida, no canto do seresteiro, o nome Martinha. Não havia dúvida nenhuma. A canção murmurada embaixo da janela era *Maria*, o sambinha bem lento, mas o cantador dizia Martinha!

> *Martinha,*
> *O teu nome principia*
> *Na palma da minha mão...*
> *E cabe bem direitinho*
> *Dentro do meu coração,*
> *Martinha...*

Delfino saltou da cama feito um foguete, passou a mão no jarro de louça que estava dentro da respectiva bacia, no mármore da cômoda, e se precipitou para a janela. Foi preciso que Marta, quando compreendeu o que ele ia fazer, saltasse lesta do leito e o segurasse pelo paletó do pijama.

— Larga esse jarro aí, Delfino, você está maluco! É algum idiota passando um trote na gente. Vai ver que tem um grupo de estudantes de tocaia aí embaixo e não querem outra coisa. Imagine que alegria se você lhe atira um jarro em cima e acorda os vizinhos!

Delfino repôs o jarro na bacia, mas disse:

— A janela eu abro. Quero ver quem é o patife!

Encaminhou-se para a janela, com Marta a segui-lo para espiar por cima do seu ombro. Mal, porém, a janela se abriu, o seresteiro, um rapazola sozinho, disparou por ali afora, carregando o violão. Mas do outro lado da rua, descolando-se de súbito das sombras do muro como algum fantástico animal emergindo da sua furna, Pedro Sacristão, pernas tortas, envolto numa capa preta, foi se afastando devagar.

— Ué — disse Marta —, aquele é o Pedro. Pergunte a ele amanhã se viu a cara do engraçadinho que veio nos acordar.

Mas Delfino não pudera responder. Agarrara-se ao peitoril da janela com verdadeiro terror. Voltou para a cama em silêncio, a garganta apertada de medo. Felizmente Mar, julgando que fosse ainda o acesso de ciúme, aproximou-se dele terna e séria e, como sempre fazia nessas ocasiões, tirou pela cabeça a camisola. O remédio nunca tinha falhado. Apesar de tudo, o Pedro Sacristão não falhou.

Mas agora, ao dizer adeus a Adriano, Delfino voltava a sentir na boca o gosto daquele medo. Pedro Sacristão precisava ser detido de alguma forma, e a única forma que Delfino via era padre Estêvão.

— Você sabe, Fininho — disse o Adriano quando o trem já apontava lá longe —, eu tive mesmo prazer em ver você dessa vez. Quase que tive prazer em ver esse raio de Congonhas. Não quando cheguei — disse ele, cuspindo para o lado —, mas depois daquela nossa conversa...

— É verdade — disse Delfino —, acho que você ficou quase tão alegre quanto eu! Eu pensei que você fosse ficar danado da vida.

— Aqui entre nós — disse o outro, pagando as confidências de Delfino sobre a confissão —, eu, se pudesse, deixava seu Juca Vilanova.

— Ele naturalmente está sempre metendo você em alguma enrascada — disse Delfino —, sempre fazendo você viajar e se arriscar, enquanto ele dá lá as festas dele, não?

— Cada vez recebe menos gente — disse Adriano, sombrio — e precisa de maior número de objetos em sua volta. Quando não consegue alguma coisa que deseja mesmo de verdade, fica para morrer. Dá uma falta de ar nele, menino, uma dispneia que parece que vai estourar. Um dia destes ele estoura.

— É, deve ser mesmo chato. E você agora cansou.

— Agora? — disse o outro. — Cansei há treze anos, Fininho. Aquele roubo da Semana Santa não ficou sendo data só para você, não. Para mim também.

— Mas...

— Ah, deixe lá, águas passadas não movem moinhos. Mas — disse ele entre dentes — a tal da asma do seu Juca Vilanova vai ser das boas agora. Das boas — disse ele quase com prazer.

O trem já estava se movimentando, depois de parar uns instantes, quando Adriano saltou na plataforma e deu adeus com a mão a Delfino. Nunca tinham sido tão amigos antes.

Saindo da estação, Delfino tinha ido diretamente à casa de padre Estêvão. Se o houvesse encontrado, teria pedido que o ouvisse em confissão naquele instante, que fossem juntos para o santuário. Mas acontece que era novamente Semana Santa, tempo apertado para padre Estêvão, que já estava na igreja. Não era dia normal de confissão. O melhor seria esperar até o dia seguinte. Para evitar qualquer contato com o sacristão, Delfino não quis, no dia seguinte, ir falar com o padre na sacristia. E foi assim que chegou à Quarta-Feira Santa sem ter conseguido se confessar. No dia seguinte de tarde, podia. Das cinco às sete padre Estêvão estava às ordens dos fiéis. Mas na quinta-feira de manhã chegou o misterioso telegrama: "Se ainda não confessou espera que tem mais chego de tarde mando aviso Adriano."

PARTE III

1

"Ora, aquela do Adriano!", dizia a si mesmo Delfino, por trás do balcão da sua loja. O amigo tinha se despedido dias antes tão amável e bom sujeito, e de repente mandava-lhe um telegrama quase num tom de ordem. Ou, se não era ordem, que diabo era aquilo? Recado mais esquisito. Talvez estivesse faltando alguma palavra. De qualquer maneira, Delfino ficou com raiva de não ter se confessado ainda para poder jogar aquele telegrama para o lado com um muxoxo. Mas não fazia mal. Nada do que Adriano pudesse lhe dizer ia alterar sua resolução de se confessar antes da Aleluia e acabar com aquilo. Vida nova! Tinha graça que um adrianinho qualquer fosse mudar uma determinação como aquela.

Delfino resolveu ir ao trem. Adriano tinha dito que avisava, isto é, que lhe mandava dizer quando chegasse ao hotel, supunha ele. Mas ninguém podia impedir que ele fosse esperar o trem. E foi para a estação, deixando o Joselito no balcão da loja. Na estação, encostou-se no muro, tranquilo. Ia dizer ao Adriano: "Ué, que telegrama mais gozado! Por que é que eu havia de mudar meus planos por você achar que eu devia?" E o outro naturalmente ia tentar explicar qualquer coisa ou contar uma história de seu Juca Vilanova, que queria o Judas do Aleijadinho e mais isto e mais aquilo. E ele, superior: "Ora, Adriano, que bobagem!" Aliás ele tinha pensado, por ocasião da visita de Adriano há dias, que talvez o amigo tivesse umas ideias de chantagem se ele não quisesse aceitar algum novo serviço. Mas ele estava então disposto, e continuava disposto, a dizer: "Ah, meu velho, se eu afundar, você afunda e seu Juca Vilanova também. Eu conto tudo desde o princípio." Agora, se alguma dúvida houvesse, seria assim outra vez.

O trem entrou na estação, desembarcaram uns fardos, saltou o seu Laurindo Monteiro da farmácia, o chefe foi tomar um café com broa de milho, e nada do Adriano. "Era isto", disse Delfino satisfeito. "O cretino nem veio. Provavelmente viu que era tolice. Amanhã, garanto que chega aí um outro telegrama dele explicando as coisas. Tanto melhor."

E Delfino tocou de volta para a loja. Joselito estava acabando de fazer um embrulho de um freguês, mas foi logo dizendo a Delfino:

— Chegou ali um pacote para o senhor.

— Do escultor, não é? Do Argemiro Crissiúma ou do Chico?

— Não, senhor, não é deles, não. É um pacote alinhado! — E o garoto mostrou a Delfino um embrulho bem-feito, com seu nome num rótulo batido a máquina e outro rótulo, esse impresso com friso vermelho e letras vermelhas: "Cuidado — Frágil."

Delfino, curioso, ia logo abrir o embrulho, quando o Joselito continuou:

— Ah, esteve aqui o Pedro Sacristão, sim senhor.

— Veio fazer o quê? — perguntou Delfino, pondo o pacote de lado, sem abri-lo.

— Queria saber se o senhor tinha recebido uma estatueta, ou coisa assim, de Nossa Senhora da Conceição que ele encomendou. Eu disse que não sabia, não senhor.

— E ele foi embora?

— Ele disse que podia ser, não é, que d. Marta sabia.

— Dona... — ia exclamando Delfino, para dizer ao menino que não, que Marta não sabia de nada. Mas que adiantava?

— Ele subiu para falar com d. Marta.

— Ah, sim — disse Delfino fazendo um esforço sobre-humano para se controlar. — E saiu logo, não é?

— É, sim senhor, não demorou nada. Acho que d. Marta também não sabia, porque seu Pedro não voltou aqui, não.

— Bem, você pode ir embora, Joselito. Já vou fechar.

— Ainda não está bem nas cinco, não, patrão.

— Não faz mal. Eu preciso mesmo sair daqui a pouco.

— E...

— O que é, menino? Fale, vamos.

— Desculpe, seu Delfino, mas o senhor não vai abrir o embrulho, não?

— Não, não, depois.

Mal o garoto saiu, Delfino subiu as escadas rápido. Mas precisava não fazer nenhum escândalo, não demonstrar nenhum susto. O melhor seria uma certa surpresa e indignação. Deu um beijo em Marta e perguntou:

— O Joselito estava me dizendo que aquela pústula de sacristão esteve aqui!

— Pois é — disse Marta, espantada —, imagine só! Veio saber se você tinha recebido não sei o quê que ele tinha encomendado.

— Espero que você tenha posto ele pela porta afora e...

— Claro que não, Delfino, você pensa que eu sou doida? Achei idiota ele vir aqui, assim sem mais nem menos, mas por que havia de pô-lo para fora?

— Canalha ousado! Imagine, entrar assim pela casa de um estranho!

— Ora, afinal de contas todo o mundo sabe quem ele é. Não acho a coisa assim de fazer o mundo desabar, não. Ele esteve aqui um instante, eu disse que não sabia de nada, ele saiu. Aliás — Marta riu —, ele foi saindo de costas e tão curvado em zumbaias que esbarrou numa cadeira e quase caiu. O Zezinho estourou numa gargalhada, Delfino!... Eu fiquei tão sem jeito!

Delfino não resistiu. Entrou pela casa adentro e foi encontrar o Zezinho às voltas com uns soldados de chumbo. Deu-lhe um tal beijo que o garoto se pôs a berrar.

— Pelo amor de Deus, Delfino — disse Marta, rindo, mas falando baixo. — Não vá agora dizer ao Zezinho que ele ganhou essa bomba de beijo porque riu do sacristão. Não deseduque, não, que eles me dão muito trabalho de educar.

— Menino de futuro, esse! — exclamou Delfino, entusiasmado.

E, voltando-se para a mulher:

— Espero que você não tenha perdido tempo em conversas com aquele salafrário, Marta. E nem falou a ele na serenata, não é?

— Ah, nem me lembrei! Bem que eu queria perguntar a ele quem era o engraçadinho que veio nos acordar.

— Pelo amor de Deus, Marta. Eu quero lhe pedir um favor. Só fale com esse canalha o mínimo possível. Ele... ele não se enxerga, sempre olhou para você com uns olhos...

— Ora, coitado do Pedro, Delfino. Pelo amor de Deus.

— Eu sei que você nunca pensaria em olhar um sapo daqueles com prazer. Mas acho um desaforo.

Em todo o caso, aplacado pela risada do Zezinho, Delfino voltou à loja. Não tinha bem certeza de haver trancado a porta direito. Verificou se tudo estava em ordem e nos seus lugares e já ia subir outra vez quando viu o pacote no balcão. Ora, diabo! Com a porta fechada já estava muito escuro e a luz elétrica não estava funcionando. Provavelmente era apenas a lâmpada que queimara, mas a lâmpada pendia do teto, lá no alto, e Delfino ainda não tinha se lembrado de mandar o Joselito examiná-la. Precisava acender uma vela. Achou uma na gaveta, acendeu-a, pingou espermacete no orifício do castiçal e firmou a vela.

Quando, cortado o barbante, removeu o papel, surgiu um saco de lona muito parecido... ora, que bobagem... parecença é uma coisa, e isto... mas que é parecido... Sim, era! O objeto que Delfino Montiel tirara do saco de lona e que, trêmulo, examinava à luz da vela era a Nossa Senhora da Conceição do Aleijadinho pintada por mestre Ataíde! Ali estava ela sobre crescente e serpente, estofando com os pezinhos a nuvem em que pousava...

Sentindo-se bambo, Delfino pousou sobre o balcão a imagem, enquanto enxugava a testa suada. Deitada na madeira, a Senhora da Conceição o olhava do fundo de uma estranha perspectiva: primeiro pés e cabeças de anjo furando a nuvem, depois a túnica rosa e o manto azul, depois o bambino no braço e, finalmente, sob a coroa de estrelas, o sorriso triunfal.

Ali estava ela, a roubada da capela dos Milagres, a madona do rapto, a Senhora sequestrada... Delfino a levantou de novo e encarou, pedindo-lhe que fosse falsa, pedindo-lhe que fosse outra. Mas não. Era ela, Nossa Senhora, madrinha de Mar, roubada aquela noite por mão mordida de baleia.

Na porta fechada da loja bateram: toc, toc, toc! Um tremor de descarga elétrica sacudiu Delfino da cabeça aos pés. Era sem dúvida Pedro Sacristão, que vinha buscar a sua Virgem, a Virgem encomendada, a Senhora da Conceição. Delfino enfiou a imagem na sacola de lona, segurou com a mão direita aberta um cinzeiro dos mais pesados e ficou parado, encostado no balcão, sentindo no rosto o calor da chama da vela.

Toc, toc, toc! — veio a batida mais imperiosa.

Se não fosse o sacristão, quem podia ser, batendo na porta da loja fechada? Se não fosse um bruxo, como adivinhar que ele não estava em sua casa?

TOC, TOC, TOC!

— Já vou — disse Delfino com voz resoluta.

Com a mão esquerda suspendeu a tranca do seu suporte e arriou-lhe a ponta no chão, deu duas voltas à chave na fechadura e, com o cinzeiro firmemente apertado na mão direita, puxou a porta. No vão iluminado pela luz da rua apareceu a cara de um rapazinho:

— Eu sou lá do hotel, seu Delfino.

— Sim — disse Delfino, sentindo que uma fresca brisa lhe secava nas frontes o suor do medo.

— O seu Adriano chegou de tarde e manda pedir ao senhor que dê um pulinho lá.

— Eu estava aqui... trabalhando! Você por que não deu o recado na minha casa?

— Fui lá, sim senhor, mas d. Marta me mandou descer aqui que não tinha ninguém lá para vir me atender.

— Sim, sei... Está muito bem. Diga ao seu Adriano que estou lá dentro de uns dez minutos.

Quando o menino foi embora, e antes de conseguir sequer formular uma hipótese sobre a volta da Senhora sequestrada, Delfino, mecanicamente, se perguntou qual o meio melhor de ocultar a imagem. Ah, era horrível tê-la ali. Naquelas circunstâncias, a própria Mãe de Deus e madrinha de Mar, portanto madrinha sua por afinidade, estava ali como inimiga, estava ali enviada por mãos malignas. Sua presença era inexplicável, absurda, tão inexplicável e absurda que durante um sacrílego momento Delfino pensou simplesmente em incendiá-la, em acender mais duas, mais três velas e segurar sobre os três pavios em fogo a imagem e deixar que primeiro enegrecessem a nuvem, os anjos, serpente e crescente, a túnica, o Menino, e afinal a cara fulgurante em sua beatitude. Queimar numa fogueira a Mãe de Deus como se fosse santa Joana d'Arc. Plantar a Virgem num pedestal de três línguas de fogo — e que ardesse. Mas não, mas isto não, antes a vergonha, isto era crime sem resgate. Como se salvaria do fogo do inferno quem tocasse fogo na Mãe de Deus, quem consumisse a Medianeira, extinguindo em chamas a própria ponte de intercessão?

A visita a Adriano provavelmente ia esclarecer o reaparecimento, a ameaça velada, o milagre pelo avesso de voltar a nós não o que porventura perdemos mas o que cientemente roubamos. Até lá precisava guardar no cofre a Virgem. Delfino foi à saleta contígua à loja, que lhe servia também de depósito, e abriu a velha burra. Veio depois ao balcão buscar a estatueta e a sacola de lona. Guardou a madona de cedro ao lado da miniatura do santuário do Senhor Bom Jesus de Matosinhos. A luz da vela recamou de ouro o interior da burra e a mão trêmula de Delfino pôs os profetas em movimento: pareceu que caíam de joelhos em torno da Senhora e Rainha

2

A caminho do hotel Delfino fez a cabeça trabalhar. Sim, sem dúvida era aquilo. Adriano tinha querido — provavelmente por ordem de seu Juca Vilanova, mas mesmo assim era uma patifaria — assustá-lo com a volta da Virgem. O recado de seu Juca Vilanova provavelmente ia ser algo como: "Viu? E se agora mandássemos a polícia na sua casa, depois de acusá-lo do roubo?" Mas isto era tolice. Eles próprios seriam implicados com a denúncia, pois como saberiam do roubo e até da volta da imagem sem nada terem a ver com o caso? Ah, se era assim que esperavam vê-lo roubar o Judas da capela da Ceia, estavam bem arranjados. Ele ia estragar todos os planozinhos que porventura tivessem, dizendo-lhes: "Pois olhem, amanhã eu me confesso, depois de treze anos de afastamento por causa de vocês, mas posso dizer a padre Estêvão que estou em posição de lhe restituir a Nossa Senhora roubada! Não só serei absolvido, como ainda, do ponto de vista prático, posso até dizer que meu pecado foi despecado, que não existe mais."

Adriano o esperava na sala de entrada, mais velho, mais cinzento, mais pálido do que jamais o vira Delfino. Tinha perdido não só aquele bom humor de quando se despedira, dias atrás, mas até uma certa naturalidade que sempre fora sua. Estava hirto e pomposo dentro da camisa de seda e do terno de tropical verde-oliva. Aquele alegre amigo de alguns dias, pensou Delfino, parecia agora um porteiro de cinema do Rio lhe mandando entrar pela direita ou pela esquerda.

— Por aqui, por favor, Delfino.

Apesar de tão duro e controlado, o hálito de Adriano eram puros fumos de uísque. Como é que se podia beber daquele jeito e ficar assim? Delfino foi se encaminhando para o fim do corredor, para o quarto grande que Adriano sempre ocupava, mas este o deteve antes:

— Tomamos todos os quartos da frente. Abrimos as portas de comunicação.

"Tomamos"? "Abrimos"? Delfino ia perguntar que "nós" era aquele, mas Adriano Mourão, impessoal e duro, já tinha passado na sua frente. Os três primeiros quartos que atravessaram mal estavam ocupados. As camas estavam intatas e os jarros dentro das bacias, as almofadas das cadeiras não tinham suportado nenhum peso. Só havia, isto sim, em cada uma das camas uma pilha de cobertores e agasalhos. Eram cobertores de lãzinha macia, cobertores peludos, cobertores de xadrez escocês, mantas de vicunha, xales de peles, roupões de casimiras berrantes, *écharpes* de flanela, coletes de malha.

— Mas quanto agasalho — começou a falar Delfino, quando emudeceu ao abrir Adriano a última porta, a do quarto maior.

Sentado numa poltrona, ao fundo, com um capotão de xadrez e um xale de pele de animal nos ombros, estava um homem ofegante. A princípio, só isto: um homem arquejante. Era-lhe tão difícil respirar ("Por que é que ele não tira aqueles agasalhos todos, Senhor!", foi o que exclamou Delfino consigo mesmo antes de mais nada) que tudo mais se confundia e só ficava a impressão central: homem arfante. Logo que esse fato diminuiu um pouco de importância, Delfino quase se deteve em sua marcha rumo à cadeira, atrás de Adriano. É que o homem ofegante era também repugnante. Um homem repelente. Não de sujo ou de qualquer coisa assim, não. Um homem até muito tratado, já de idade, mas com os cabelos ainda mais ruivos do que brancos. Bem-vestido, sem nada do janotismo de Adriano, por exemplo. Mas... que estranho bigode o seu, que de longe parecia barba de tanto que caía dos lados da boca para os queixos. E as mãos, que repousavam sobre as pernas, eram longas, muito longas, e os pés, metidos em chinelos, eram muito, muito compridos.

Adriano parou ao lado da cadeira e disse para Delfino:

— Aqui, o sr. Juca Vilanova. Este é Delfino Montiel, seu Juca.

A respiração de seu Juca Vilanova estava no seu mais opresso e ansiado. Era como se em todo um sistema interno de condução do ar ele tivesse arruelas e parafusos soltos e que o ar precisasse, a cada bombada, de erguer todos esses obstáculos para passar, para chegar à garganta, às narinas.

Delfino, pasmado que ficara ao ouvir o nome, não tinha dito nada, mas seu Juca falou:

— M... mui... muito prazer... Re... recebeu a Virgem?

Delfino olhou atônito para Adriano, esperando uma explicação qualquer.

— Seu Juca Vilanova lhe mandou a estatueta, Delfino, para lhe mostrar como quer que você se desincumba do novo serviço. Ele restitui a Nossa Senhora da Conceição, que tanto ama, para obter a nova estátua.

Delfino conseguiu falar:

— Para conseguir o Judas?

Na sua cadeira, o homem se remexeu e sua respiração se tornou a mais precária possível. Pequenas caldeiras pareciam apitar agora dentro dele, como se os parafusos fossem êmbolos que ao levantar deixassem escapar vapor, como se toda a fábrica de asma que havia naquele peito se houvesse posto a trabalhar *overtime*, pressão plena, meios os mais modernos. O homem disse:

— Sim... A... a... aquela estátua... A que o... Adriano fotografou.

— Pois é — disse Delfino —, o Ju...

— É isto mesmo — interrompeu Adriano, frio e eficiente. — Seu Juca Vilanova, apesar da remuneração excelente que teve o seu trabalho de rapto da imagem da Nossa Senhora da capela dos Milagres, apesar disto, restitui-lhe, sem qualquer correspondente restituição de dinheiro, a dita imagem. Mas precisa da estátua que fotografamos. É para ele questão de vida e morte.

— Preciso... Sim... Preciso...

— Sei — disse Delfino enquanto tratava de se habituar àquela figura que lhe era tão inexplicavelmente repugnante.

Olhando-o fixamente, do fundo de uma íris de um verde pintalgado de amarelo, o homem perguntou:

— Você... se lembra... da estátua?...

Delfino sentiu que, de acordo com a resposta que desse, a fábrica de asma ia acelerar ou não a produção urgente de dispneia. Respondeu a verdade, sem saber que efeito teria:

— Eu não vejo a estátua há muito tempo, mas lembro. Está perto da porta e o Judas parece que está com o saco de dinheiro.

Por isso ou por aquilo, o fabrico de ânsias e ofegos não se apressou. Ficou firme, com silvos e roncos em média boa, mas sem arquejos maiores. Delfino resolveu jogar logo as suas cartas para ver o que saía de tudo aquilo:

— Muito prazer em vê-lo, seu Juca Vilanova. O Adriano já tinha me falado tanto no senhor...

Seu Juca bateu com a cabeça, ensaiando um sorriso. Delfino prosseguiu:

— Eu acho que o Adriano já falou com o senhor, não falou? Sobre a impossibilidade de a gente tirar esse Judas da capela...

Era como se ele tivesse acionado uma alavanca e piscado sinais elétricos para a máquina das ânsias e angústias. Agora seu Juca puxou mais para o pescoço o manto de pele e tiritou brabo, como se estivesse com sezão além de falta de ar.

— Tudo é possível no serviço de seu Juca Vilanova — disse Adriano, impassível.

Agora estava ficando melhor, disse Delfino a si mesmo, agora a coisa ia virar discussão com Adriano. Ele não precisa mais olhar a cara do outro, que lhe embrulhava o estômago.

— Não vejo jeito, não, Adriano, você sabe muito bem que o Pedro Sacristão está de apito na boca.

Aquela imagem policial sem dúvida tinha vindo a Delfino devido aos silvos e assobios da asma de seu Juca Vilanova.

— Ah... O sacristão... Isto não tem... não tem importância — disse seu Juca Vilanova com um gesto largo da mão. — O que... o que eu não posso... mas não posso mesmo, ouviu... o que não posso é sair daqui sem o... sem a estátua...

"Ora, não posso, não posso, ouviu", rosnou Delfino para si mesmo, "que é que esse cara pensa que ele é?"

— O senhor depois vai embora, seu Juca Vilanova, mas quem fica aqui, quem mora aqui sou eu — disse em voz alta. — Eu e o sacristão Pedro.

— Seu Juca Vilanova não ignora o fato — disse Adriano, seco. — E fale com urbanidade.

— Olhe aqui, Adriano, eu agradeço muito a restituição da Virgem, mas, se é em troca de outro roubo, você sabe muito bem que não aceito. Prefiro que levem a estatueta de novo.

— Você não recebeu meu telegrama? — perguntou Adriano.

— Recebi.

— Então ainda não se confessou, não é?

— Está... então está tudo em ordem — exclamou seu Juca Vilanova. — Eu disse... ao Adriano... telegrafe a Delfino, e fica tudo bem.

— Eu... eu não entendi não, seu Juca — disse Delfino.

— Seu Juca teve a ideia certa, Delfino. Me mandou telegrafar para você adiar a confissão e restituir a Nossa Senhora. Assim, quando você se confessar, faz a mesma confissão que pretendia fazer. O mesmo pecado. Só que em vez de você ter roubado a Nossa Senhora, roubou...

— O Judas — disse Delfino, olhando com o rabo do olho para seu Juca, para ver aumentar a asma do homem, o que de fato aconteceu.

— A estátua — completou Adriano.

— Uma troca de pecados — disse Delfino, considerando com assombro a proposta.

— Não, nem isso — respondeu Adriano —, uma troca de imagens, só. Ah — completou —, o seu Juca Vilanova, na sua imensa generosidade, faz saber a você que avalia seu novo serviço em 350, e não 300 contos.

Seu Juca Vilanova, do fundo da sua manta e de dentro do sobretudo de xadrez, fez que sim com a cabeça. Ao mesmo tempo apontou a Adriano, no pé da cama, a pilha dos agasalhos. Adriano apanhou um dos cobertores mais grossos e o colocou nas pernas do amo. Delfino, enquanto vigiava esses movimentos, sentia de novo sua antiga vertigem: via as notas se desfolhando no ar, ou forrando a parede de alto a baixo, via a viagem ao Rio, os meninos matriculados no colégio de Ouro Preto... Ah, maldita tentação, ah, proposta incrível aquela da confissão! Não, ele estava sobre areias movediças, estava sendo arrastado para o fundo da terra, estava fazendo as vontades malucas de um homem repugnante. Precisava pegar no próprio queixo e puxar-se para cima, precisava livrar-se de toda tentação, amém, rogai por nós, Maria, concebida sem pecado, *sine labe originali...*

Delfino falou:

— Você parece que deixou de dizer a seu Juca Vilanova que existe um obstáculo intransponível à operação.

— Qual é? — perguntou Adriano, afetado. — Não vai me falar no sacristão?

— Claro que vou.

Seu Juca Vilanova fez de novo com a mão o gesto de quem espanta uma mosca.

— Ora, o sacristão! — disse com um muxoxo e falando fluente. — Um pobre-diabo. Não merece nem que falemos nele.

— Talvez não interesse ao senhor, seu Juca — disse Delfino —, mas o Pedro mora aqui, eu também. Se ele me denunciar, o senhor e o Adriano estarão bem longe, mas eu estou aqui mesmo. Se desaparecer um alfinete, ele já sabe quem foi.

Seu Juca Vilanova, respirando agora com facilidade e parecendo satisfeito consigo mesmo, fitou em Delfino seus olhos verdes sarapintados de amarelo, seus olhos de íris perdida em grande córnea, seus estranhos olhos de leopardo. Depois cofiou para baixo os bigodes que lhe tombavam como chumaços de barba aos dois lados da boca.

— Uma... uma grande ideia esta de furtar imagens na Quaresma, não, debaixo dos panos roxos... Como é que você roubou aquela linda estatueta, hem, Delfino?

Delfino olhou com uma aversão que já passava de todos os limites aquela cara, que agora assumia um ar abjeto de gozo. Como Delfino apenas desse de ombros, seu Juca Vilanova continuou:

— Você já conhecia o altar, não é mesmo? Enfiou a mão debaixo do pano roxo como quem enfia a mão embaixo de uma saia, não é? E foi no lugarzinho mesmo, não foi?...

Quando disse isto não conseguiu prender um riso profundo, que veio todo enrolado como num algodão de asma e que lhe saiu dos lábios em pequenas explosões.

Delfino fitou o homem da barbicha com dureza:

— Agora acabaram-se os roubos de Semana Santa. Para sempre, sempre! Comigo, pelo menos, não!

Seu Juca Vilanova empalideceu tanto que ficou todo da cor dos poucos pelos brancos que tinha no cabelo e na barba. Pelo contraste, os pelos ruivos ficaram como fios sólidos de sangue. Adriano ia dizer alguma coisa, com cara entre espantada e colérica, mas seu Juca atalhou, dirigindo-se a Delfino:

— Escute, meu filho, escute... Há sempre dois lados em todas as ações de um homem. Houve o lado bom do seu roubo da Virgem — aqui ele se benzeu, rapidamente, com grande unção —, que foi dar a um pobre velho o prazer de ter em sua casa durante a conta bela de treze anos uma tão linda imagem daquele que é o amor de nós todos.

Delfino estremeceu. Teria aquele porco desrespeitado com sua imaginação senil a própria imagem da Mãe de Deus? E ele lhe entregara a imagem, Senhor!

— E agora, agora — prosseguiu seu Juca Vilanova, afastando um pouco a manta de pelo, de tão melhor que se sentia — veja como tudo se acerta e entra no lugar. A Mãe de Deus — benzeu-se novamente, com a mesma cara santarrona — está de regresso ao santuário do Seu Santo Filho.

— E pronto — disse Delfino —, acabou-se. O senhor a trouxe de volta porque quis. Fez muito bem, mas fez por vontade própria.

— Lá isto é que não — interpôs Adriano com energia. — Seu Juca Vilanova não veio fazer uma restituição. Veio efetuar uma troca. E afinal de contas troca a própria Virgem pelo... por aquele réprobo. Mas é troca, Fininho, não vá entender mal.

A asma recomeçou, de mansinho, a ser processada e fabricada no peito de seu Juca Vilanova. Um novo silvo nasceu das suas profundezas. Foi com voz lastimosa que falou:

— Eu... Eu não posso perder tudo... Não posso perder em toda a linha. Enquanto eu não tiver a estátua, a Virgem é minha...

— Sim, podemos mandar a polícia varejar a sua loja — disse Adriano.

— Mas eu não gosto de violências — choramingou seu Juca Vilanova. — Vamos combinar isto entre amigos.

— Você manda a polícia lá, em busca de uma imagem desaparecida há tanto tempo, e como explica à polícia que sabia do paradeiro dela?

— Ora, Fininho, você pensa que nós nascemos ontem e que lhe entregávamos a imagem assim, sem mais nem menos? Entregamos para dar prova de boa-fé e de trabalho honesto, mas se eu for à polícia vou contando que há muito somos amigos, mas que agora, por acaso, escondida na sua loja, descobri a imagem roubada há treze anos etc. etc. Está vendo como seria a coisa? Está vendo como antes de mais nada estourava o escândalo? Não acha que o fato de você me acusar, depois de contada a história à polícia por mim, de ter sido eu quem propôs o tal negócio a você há treze anos, não acha que fica duro de acreditar, Fininho?... Não vai parecer a todo o mundo que você está inventando tudo para se vingar de uma denúncia corroborada pelo encontro da Nossa Senhora?

Tinha toda a razão. À hora em que saíra de casa parecia-lhe muito claro que a delação ia implicar no crime o delator também. Mas o que Adriano dizia não era convincente? Primeiro o escândalo, depois as longas explicações que ele daria, enquanto Adriano sorriria... Ademais, quem tinha um nome a defender em Congonhas e uma família na qual pensar era ele, e não Adriano. Mais uma vez, porém, a lembrança do sacristão se apresentou. Por que estavam ali a perder tanto tempo?...

— Olhe aqui, Adriano, suponhamos que seja como você diz. Não esqueça o sacristão, o Pedro! Ele sabe que você fotografou o Judas — seu Juca Vilanova tremeu de frio e puxou a manta para o pescoço — graças às chaves que eu arranjei, sabe que você, como eu, está metido no negócio. E eu não estou dizendo isto para ameaçar você, não, Adriano, como você estava fazendo há pouco. Estou falando para que seu Juca Vilanova entenda que um novo roubo é impossível.

— Meu filho — disse seu Juca —, esqueça o sacristão. Eu cuido dele. Olhe, vou lhe dizer. Há treze anos eu espero que todos se esqueçam do roubo da Semana Santa para realizar esse último desejo da minha vida: a posse da estátua, aquela...

— E por que o senhor não pediu ao Adriano que lhe obtivesse a estátua há treze anos?

— É que eu... Ah, eu ainda não tinha certeza do que me diziam... Eu não sabia... Olhe, meu filho, eu preciso livrar Congonhas do Campo, Minas, o Brasil inteiro, dessa estátua maléfica. É uma estátua odiosa. Eu... eu só soube depois das fotografias, e fiz tudo para esquecer... Mas não pude. Isto tudo... Esta asma... Esta angústia... Vem tudo daí, da estátua. Preciso destruí-la, destruí-la, parti-la em pedaços, picá-la com um machado, com um canivete, e depois esfarinhar cada partícula, cada fiapo de madeira... É uma estátua má...

— É o Judas Iscariotes — disse Delfino cada vez com maior raiva daquele homem repugnante e que agora lhe parecia doido.

— Não... Não é... É uma ruindade, uma maldade.

Curvando-se de repente para diante, seu Juca, antes que Delfino pudesse recuar, pegou-lhe nas mãos. Agora silvava de novo, livremente, roncava, bufava. Um novo acesso pusera em marcha as usinas do seu tórax. Seu Juca continuou:

— Faça... faça, meu filho, o combinado com Adriano... seu... seu inimigo, o sacristão... ele adora a sua Mar... Mar... Marta.

Delfino sacudiu a pressão das mãos de seu Juca Vilanova, enquanto este prosseguia:

— Você me entregue a estátua... Eu... eu lhe entrego... o sacristão... Não só ele não diz nada do que... do que houve há treze anos... mas desaparece da sua vida... Como as coisas vão agora... ele pega a sua Mar... Marta numa esquina deserta uma noite... e a cobre com aquela baba...

— Cale-se, seu...

— N... não me insulte, meu filho... Eu lhe entrego o sacristão em troca...

Seu Juca Vilanova fez um gesto a Adriano, que saiu do quarto.

— Em troca eu lhe entrego o Judas...

Já era com prazer que Delfino agora dizia "Judas", pois seu Juca Vilanova se encolhia ao ouvir a palavra como se alguém fosse bater nele.

— Eu — continuou Delfino — lhe entrego uma estátua para levar para casa. Como é que recebo o sacristão?...

— Não recebe... Ele desaparece de Congonhas do Campo... Nun... nunca mais volta... Nunca mais olha a sua Mar... ta.

— E como é que o senhor garante uma coisa dessas?

Delfino nem sabia bem por que estava fazendo tal pergunta. A proposta de seu Juca Vilanova parecia tão sem fundamento, tão absurda, que qualquer indagação sua era coisa ociosa. Ele estava em verdade ganhando tempo, ganhando tempo não sabia bem para quê... Para esperar que acabasse o pesadelo e o deixassem ir para casa.

— Garanto, meu filho.

Delfino pensou: "Provavelmente esse velho pensa que passa os cobres a essa pústula de sacristão e que ele nunca mais aparece aqui. Com isto quer me arrastar a outro roubo e me deixar, isto sim, à mercê do sacristão. Vá para o diabo que o carregue." Falou alto:

— Olhe aqui, seu Juca Vilanova, não vejo jeito de o senhor nem ninguém me livrar desse sacristão, não. Eu mesmo é que tenho de me arranjar. Não entre nisto, não.

— Não... Não me obriga a medidas drásticas, meu... meu filho.

— Quero ver o que vão me fazer — disse Delfino, levantando-se.

Toc, toc, toc. Era aquela a segunda vez, em poucas horas, que uma batida de portas sobressaltava Delfino... Tolice. Era Adriano que voltava. Seu Juca Vilanova levantou-se, aconchegando ao pescoço a manta de pele, e lhe disse no ouvido:

— Em primeiro lugar, vamos tratar você muito bem. Venha cá.

Levou Delfino devagar até a janela. A cortina estava cerrada e atrás da cortina, encostada à janela, havia uma cadeira.

— Sente-se aí — disse seu Juca Vilanova — e fique quieto Da sala, debaixo da luz, não o podemos ver, mas você nos verá através do pano. E ouvirá.

— Mas... — ia dizendo Delfino.

— Psiu! — fez o homem repugnante, se afastando para ir abrir a porta.

Pela cortina Delfino viu dois vultos entrarem. Não distinguia bem as caras dali, mas as silhuetas era fácil. Adriano era aquele, e o outro... Mas antes que Delfino conseguisse fixar bem a parte inferior, em X, das pernas do outro, ouvia a voz metálica e chocarreira do sacristão Pedro dizendo:

— É esse o cavalheiro que quer falar com minha humilde pessoa?...

3

Atrás da cortina, Delfino estremeceu, primeiro de medo; medo puro, de ver chegar o sacristão, sem saber exatamente a que vinha ele. Em seguida teve raiva de si mesmo. Por que viera ele ali? Evidentemente o que seu Juca Vilanova e Adriano Mourão queriam fazer era simples. Se já iam dar uma bolada tão substancial a Delfino, por que não dar dinheiro também ao sacristão para que calasse o bico? E o sacristão sem dúvida calaria com prazer o bico assim adoçado. A operação do segundo roubo se faria com a maior perfeição. Mas... e depois? E quando o sacristão recomeçasse, agora com muito mais razão, a lhe atirar piadas e a lhe cercar a mulher? Delfino teve ímpetos de se levantar da cadeira, de passar a perna pelo peitoril da janela, de sair correndo para a delegacia de polícia e... E o quê? Pôs-se a ouvir o que se dizia na sala e a ver, esfumados pela cortina, os três homens que conversavam.

Foi uma entrevista rápida e brutal. Ninguém ofereceu ao sacristão Pedro uma cadeira, mas este, ao chegar, muito ancho e cheio de si, não fez cerimônias e refestelou-se diante de seu Juca Vilanova. Seu Juca, à pergunta inicial do sacristão, tinha respondido num tom brusco que Delfino não lhe conhecia:

— Sim, eu sou o cavalheiro e você a humilde pessoa.

— Muito bem dito — respondeu Pedro, ainda pernóstico.

— Aqui estou para servi-lo.

— É verdade. Mas não está me servindo bem — disse o outro, enigmático.

Pedro aqui resolveu espinhar-se, mas o fez sem grande convicção:

— Olhe aqui, ainda nem me disseram o seu nome, mas este aqui — disse, apontando Adriano — eu conheço desde menino e vi ele metido com o Fininho na Semana Santa em que desapareceu a Virgem e...

— Você também desapareceu de Congonhas, não? Não foi exatamente com uma virgem, mas...

— Isto é outra história, e é minha. Eu saí daqui, voltei, sairei e voltarei quando quiser. Mas não levei nenhuma santinha da igreja e não...

— Não, mas levou uma boba de estrada, levou a Lola. Que é que você fez da Lola?

A voz do sacristão ficou rouca, mas com uns laivos de berro sufocado, rouca, mas com uns clarões de fúria. Ele se levantou e se aproximou de seu Juca Vilanova:

— Cale-se, cachorro, eu não vim aqui para ser insultado, eu...

Delfino viu através do reposteiro a sombra da mão muito longa que se levantava, que se abatia no rosto do sacristão. Ouviu a bofetada. E ouviu seu Juca Vilanova falando em voz mais monótona que colérica:

— Eu lhe perguntei, Pedro Gomes Temudo, aliás Pedro Temudo Seixas, aliás Pedro Silva Seixas, aliás...

E aqui seu Juca Vilanova parou e se curvou para diante, para perto da cara de Pedro Sacristão:

— ...aliás Pedro Silva, o que é que você fez de Lola Boba? Responda! Que fez de Lola Boba?

Pedro Sacristão cambaleou e caiu sentado na cadeira. Com uma voz sumida e onde já repontava o tom untuoso de sempre, ele disse:

— Eu disse e voltei a dizer que ela saiu de casa uma tarde e não apareceu mais.

— Isto você disse e voltou a dizer — tornou a voz inexorável de seu Juca Vilanova — antes de encontrarem no milharal o cadáver de Lola Boba, com doze facadas no corpo e a cabeça amassada de pedra, como se tivessem querido torná-la irreconhecível. Foi isto que descobriu a polícia de Colatina, não foi? Responda! Não foi?...

Pedro afirmou com a cabeça e com o chocalho dos dentes que se entrechocavam.

— Como você não tinha nenhum papel que o identificasse no momento, a polícia aceitou esse nome de Pedro Silva, mas, como você não ignora, tiraram, antes de você fugir, sua fotografia e suas impressões digitais. Estão aqui.

Seu Juca Vilanova estendeu a mão a Adriano, que nela colocou uma pasta de papéis. Da pasta seu Juca tirou papéis grandes, chapas fotostáticas e recortes de jornal. E prosseguiu como um promotor:

— Você fugiu da prisão como Pedro Silva, e conseguiu escapar, mas deixou atrás toda uma biografia em perfeita ordem... e um crime por expiar.

Aqui, choroso, abjeto, Pedro se atirou aos pés de seu Juca Vilanova e começou a lhe beijar e afagar os sapatos:

— Um crime, meu senhor, um crime? O senhor jamais viu essa Lola que chamavam Boba? Não? Deus não permitiria que um cavalheiro como o senhor pusesse os olhos numa obra tão indigna. Era feia, andrajosa e boba, inteiramente boba.

— Mas você se fartou de pôr-se nela, depois de deflorá-la. Cansou-se de fazê-la abortar.

— A verdade é que eu, só eu, tive piedade dela.

— Piedade! Há outro nome para essa piedade de bode no cio! Você dormiu com ela, morou com ela feito marido e mulher durante anos de vagabundagem por este Brasil!

— Ah, ela nunca mais me largou, ela me perseguiu. Cio era o dela. Uma cadela! Uma cabra! Ela uma p... estradeira, meu senhor. Eu não consegui foi me livrar dela. Ficamos juntos de ódio!

— Pensei que fosse piedade. E você acabou conseguindo se livrar dela, não foi? E de um jeito que nem o Todo-Poderoso a ressuscitava. Doze facadas e a cabeça moída a pedra! Nem no juízo final a Lola ressuscita. — E aqui seu Juca deu aquele seu riso enroladinho em golfadas de asma.

Pedro Sacristão não sabia se devia interpretar aquilo como riso ou asma, se devia rir com seu carrasco ou penalizar-se da asma. Ficou indeciso:

— Não foi crime, não acha, meu senhor? A gente tem o direito de viver limpo, não tem? Imagine se todo cachorro sarnento que a gente pega na rua para dar um resto de comida cismasse de dormir na cama da gente para o resto da vida! E foi há tempo, meu senhor. Não me prenda mais.

O sacristão estava ainda aos pés de seu Juca Vilanova, cabeça baixa. Seu Juca, como um artista que acaba a obra, voltou-se para Adriano, que se curvou ligeiramente, e até em direção a Delfino voltou a cara, como para recolher um cumprimento. Depois empurrou o sacristão com o pé e falou:

— Há muito tempo tinham me informado daqui que você, o assassino de Lola Boba, estava de volta a Congonhas do Campo e ao seu velho emprego de rato de igreja. Mas eu, eu sim, eu e a Polícia Federal, quero dizer, tivemos piedade de você. Piedade mesmo, e não aquilo que você pensa que é piedade e que leva os homens para dentro das mulheres, mesmo que sujas e andrajosas. Mas agora preste atenção! Levante esse focinho de porco, vamos! Agora escute com as duas orelhas: você está interferindo com o trabalho secreto da polícia aqui! Delfino Montiel é o nosso agente, compreendeu bem, e já tem bem uns vinte anos que nos dedicamos a descobrir uma quadrilha poderosíssima que leva ouro e diamantes e objetos de arte para fora do país. Você uma ocasião viu Delfino e esse outro agente meu, Adriano Mourão, em função, e nunca mais esqueceu. E agora quer fazer chantagem na base do que imagina que sabe, quando não sabe nada! Você está pisando nos calos da Polícia Federal! — berrou finalmente seu Juca Vilanova, acudindo o sacristão violentamente.

O sacristão lhe caiu aos pés:

— Ah, perdão, senhor, soubesse eu que seu Delfino e seu Adriano eram... Mas como é que eu ia saber? Agora me deito na rua para eles passarem por cima de mim. Mas não me prenda, meu senhor!

— Não prendo e não é preciso que você deite na rua. Eles preferem a calçada mesmo. Mas preferem as calçadas de

Congonhas livres da sua presença. Adriano vai lhe dar todas as passagens e o dinheiro para que você vá para Itacoatiara, no estado do Amazonas. Lá, temos quem nos informe da sua chegada. Amanhã mesmo, impreterivelmente, você dá início à viagem, saindo de Congonhas do Campo para sempre.

— Mas...

— Mas o quê? Ainda está muito perto? Podemos mandar você para Tabatinga. Até para Letícia, no Peru...

— Não, meu bom senhor, não é isso. É que eu sair assim, de repente... O padre vai estranhar.

— O padre estranha, mas não sabe de nada. Quem sabe sou eu. Passe lá ao outro quarto para as instruções aí com o "doutor" Adriano, e depois rua. Suma-se da minha vista.

Sentado na sua cadeira por trás da cortina, Delfino Montiel deixou cair a cabeça entre as mãos. Com muito maior eficiência do que a simples força moral de padre Estêvão, seu Juca Vilanova tinha anulado o Pedro Sacristão. Aquele realmente não lhe faria mais nenhum mal, nunca mais atravessaria o seu caminho. A demonstração dada por seu Juca Vilanova tinha sido verdadeiramente brilhante. Mas agora — pensou com indizível terror —, agora era a sua vez! Agora — afastado o sacristão, que era uma tão grande ameaça, mas também um alívio tão grande — ia ouvir as *suas* ordens! Assim se deixou ficar, cabeça entre as mãos, olhos quase vidrados fitos na pedra do assoalho da sacada. Foi seu Juca Vilanova quem, como quem desvela um monumento, abriu o reposteiro que ocultava Delfino, monumento ao medo.

4

Delfino saiu do hotel, os ombros curvos, as duas mãos metidas nos bolsos da calça, a cabeça baixa, os olhos vigiando no chão seus próprios passos. No seu íntimo se entrechocavam as mil impressões daquela noite terrível. A mais terrível da sua vida, até ali. Sim, até ali, porque Delfino sentia que ia ladeira abaixo. Não sabia ainda para que cova lôbrega, assim como não sabia ainda se algum dia voltaria à luz depois de tocar o fundo. Mas, até ali, nada pior do que aquele Adriano de pedra e aquele seu Juca Vilanova feito de preces e imprecações, de violência e de tosses e asmas. Ah, tinham arrancado dele o que queriam depois de livrá-lo do pesadelo do sacristão. E lá embaixo, na burra, Nossa Senhora da Conceição sorria, pronta a ser devolvida, sorria incorrupta depois da longa temporada com aquele velho caprino, sorria firme e radiante, intocada pela sânie, *Virgo intacta*. Era preciso restituí-la depressa, pobre Virgem, pois estava na mão de outro pulha, outro indigno de tocá-la. Era preciso levá-la depressa de volta à igreja. Mas não, nem isto podia fazer. Seu programa tinha sido rigorosamente traçado por seu Juca Vilanova. Era preciso segui-lo à risca. E se o sacristão tivesse entrado na sua loja antes de enfrentar aquele terrível seu Juca Vilanova, que levantara sua ficha com tamanhos pormenores? E se Pedro tivesse arrombado a burra e furtado mais uma vez a Virgem? E se a estátua santa, entregue à sua guarda pela segunda vez, novamente desaparecesse, não mais em vasilha de leite, mas em mãos de assassino?

Delfino já tinha dado volta à chave na porta da escada que subia para a sua sala de frente, mas resolveu abrir a loja, para ver se estava na burra a madona de cedro. Ia novamente trancar a porta da casa quando esta, já sem estar trancada à chave, teve o trinco que faltava abrir aberto pelo lado de dentro. A porta ficou apenas encostada. E Delfino ouviu passos que subiam a escada de sua casa, de seu lar. Passos leves de quem não quer ser ouvido. Pararam. Desejando a morte, vendo tudo naquela noite ruir em torno de si, Delfino, sem pensar em nada, dentes cerrados, empurrou a porta...

Quase no topo da escada, as mãos levemente pousadas no corrimão, Nossa Senhora da Conceição sorria para baixo o seu sorriso de beatitude. Quase como a vira deitada no balcão, Delfino a via agora do patamar da escada em que se encontrava. O rosa da túnica, o azul do manto, um ninho de estrelas.

— Estou parecida com minha madrinha?...

Era a voz de Marta. Era Marta.

— Mar...

— D. Emerenciana veio trazer as minhas roupas, Delfino. Eu estava morrendo de vergonha de aparecer assim, mas, já que é preciso mesmo, estou tratando de me habituar... Mas diga alguma coisa, meu bem, vamos. Suba logo, querido.

Delfino foi subindo a escada olhando ainda incrédulo o manto azul polvilhado de estrelinhas de prata que serviu de moldura ao rosto de Marta.

— Mas o que é que você tem, Delfino? Está com a cara tão cansada. Que foi? O Adriano fez você beber demais?

Delfino tomou a mão de Marta sem dizer nada, depois puxou-a pelo braço contra o seu peito e, a cabeça repousada no ombro dela, pôs-se a chorar. Marta, acariciando mecanicamente os cabelos de Delfino, atônita, o foi levando até uma cadeira. Seu manto azul estrelado caiu no chão, ela o apanhou sem interromper a caminhada para a cadeira e o colocou sobre a mesa.

— Que foi, meu bem? Diga... Diga para a sua Mar.

Ah, ali, naquele momento, devia ter sido a hora da sua confissão. Antes mesmo da confissão ao padre devia ter falado naquele instante com sua mulher. E estava tudo quente ainda, tudo tinha acontecido, o segundo roubo acabava de lhe ser imposto por seu Juca Vilanova e Adriano. Quando seu Juca Vilanova o tirara detrás da cortina o ringue estava realmente pronto para o seu *knockout*. A impressão de Delfino, sentado na cadeira, ao ver surgir seu Juca Vilanova no seu sobretudo de xadrez e aconchegando aos ombros a manta de peles era a do juiz no meio do ringue esperando que ele saísse das cordas e fosse para o centro do tablado levar o murro final em pleno queixo ou no meio do tórax.

O sacristão, aniquilado por seu Juca Vilanova, escorraçado de Congonhas como um cão leproso, devia ser para Delfino uma tranquilidade e uma segurança perfeitas. Mas, na verdade, ele agora era também uma terrível ameaça. Enquanto não saísse de Congonhas e metido como estava na sua conserva de fel, o sacristão o estraçalharia como um mastim com raiva se seu Juca Vilanova ou Adriano fizessem o menor sinal de aquiescência. E havia qualquer coisa de sinistro naquela execução sumária de Pedro, no levantamento exato de toda a sua vida pregressa. Por trás daquilo tudo Delfino sentia uma coisa estranha, assim como Deus às avessas.

Com a asma muito bem controlada agora, seu Juca Vilanova tinha voltado a sentar na poltrona, a cobrir os joelhos com o cobertor e dizia a Delfino:

— Está vendo, meu amigo, como o sacristão Pedro era um monstrinho de papelão? Essa gente esquece que um passado vivo é um inimigo que não perdoa. Para fazer um futuro é sempre preciso destruir um passado. Agora, afastado o sacristão, você, por exemplo, se livra do seu passado de há treze anos, porque o Adriano, como eu mesmo, é um poço de discrição. E nem temos interesses em denunciar você, temos?...

Delfino ia dizer alguma coisa, mas foi interrompido por um gesto de seu Juca Vilanova, que prosseguiu:

— Há mais ainda. Restituindo a Virgem, você, se quiser discutir a coisa de um ponto de vista puramente teológico, fica muito melhor diante de Deus Nosso Senhor do que ficaria sem... sem retirar, digamos, da capela da Ceia, essa estátua vil, mas, por outro lado, sem restituir aos fiéis aquela encantadora Senhora da Conceição. A troca é evidentemente vantajosa do ponto de vista do espírito. Você pode argumentar assim mesmo, meu filho, quando confessar seus pecados. Aliás — disse ele, rindo, seus flocos de asma com cristais de riso — se eu me houvesse ordenado e tonsurado como tanto quis minha santa mãe, agora mesmo daria a você o *Ego te absolvo in nomine Patris, et Filii, et Spiritus Sancti.*

E seu Juca Vilanova, mão dando bênção, revirou para o céu, numa troça que o divertia imensamente, seus olhos de brenha verde varada de manchas de sol. Parecia uma hiena desfiando um rosário.

Adriano Mourão vinha entrando, depois de despachar o sacristão Pedro, e seu Juca Vilanova, cuja asma só vinha agora grudada no riso, foi falando, prazenteiro:

— Nosso amigo Delfino está aprestado a provar mais uma vez que tudo no mundo é cíclico, tudo se repete e se repetirá até o dia da grande repetição do começo de tudo, isto é, do caos. Amanhã, Sexta-feira Santa, Sexta-feira da Paixão, Sexta-feira Maior, ele, como há treze anos, enfiará a mão sob uma saia roxa, mas desta vez — acorrei, gente, acorrei ao milagre — nada retirará ou tocará, antes enfiará e deixará. Deixará a Virgem debaixo da saia roxa do próprio altar-mor do santuário do Senhor Bom Jesus de Matosinhos. Vai colocá-la antes da Procissão do Enterro, para que ninguém a veja antes, e depois da procissão, ela será revelada a todos, no altar-mor, e todos dirão: "Milagre! Milagre! Já é Aleluia! O Senhor Morto é de novo um bambino no colo da Madona! Voltou a Santa Mãe com Seu Menino!" Que linda, que linda festa de fé vai ser!

E aqui o riso de seu Juca Vilanova foi tão ruidoso e profundo que evidentemente abalou as cavernas do seu peito e deslocou grandes estalactites de asma. Adriano riu, muito polido, e seu Juca Vilanova, refeito do ataque de tosse, prosseguiu:

— Meu prezado sr. Delfino, o senhor irá ao santuário antes da procissão. Como conhecido do padre Estêvão e homem frequentador da igreja — apesar da travessura de ter abandonado a confissão, o que será remediado breve, muito breve —, pode dar um pulinho até lá, como quem não quer nada, sua sacolinha com a imagem debaixo do braço e metê-la por baixo da saia roxa do altar-mor. Depois o senhor acompanhará como todo o mundo a Procissão do Enterro. Ao voltar, quando todos estiverem reconduzindo o esquife do Bom Jesus para o pé do altar, o senhor avisará algumas das beatas, sua amiga d. Emerenciana, por exemplo, de que lhe parece enxergar a Nossa Senhora desaparecida lá no altar... Ela não se lembrará depois de que alguém lhe avisou, pois uma beata não vai querer repartir um milagre. Ela se acercará, erguerá um pouco o pano roxo e então... pandemônio! Ah, que alegria, que *sabbat* de bruxas no templo, apesar do Senhor Morto aos pés do altar, que bela festa...

— E a estátua — interpôs Adriano —, a estátua da capela da Ceia?

— Calma, calma e cale a boca, imbecil — disse seu Juca Vilanova, tossindo uns restos do acesso no lenço e puxando mais para a barriga o cobertor que lhe recobria as pernas. — Tudo neste mundo tem sua hora, exceto o fim do mundo. Deste precisamos nós cuidar. Como íamos dizendo, sr. Delfino, haverá na igreja grande e justificada emoção, histerismo e gritaria, por maiores esforços que faça padre Estêvão — é bem esse o nome do homenzinho, não? — para restabelecer a ordem, como se pudesse haver ordem em instantes de grande alegria ou respeito a um morto quando a vida se afirma na recuperação de uma mãe e do fruto dos seus amores. Ora, meu caro amigo, nessa atmosfera de morta elegia e de epitalâmios e genetlíacos, com toda a Congonhas batendo com a cabeça na tábua dos genuflexórios ou na pedra do chão do santuário, fácil será levar aquela tal estátua a passeio, como lhe deve ter falado esse decadente Adriano. Adriano carregará a capa de chuva e o chapéu de feltro que protegerão a estátua para maior segurança e você só terá de levar a estátua ao carro, como um bom anfitrião que leva até o automóvel um hóspede que bebeu demais. Aliás, há indícios históricos de que o homem representado na tal estátua bebeu demais na chamada Ceia do Senhor para aguentar a tediosa companhia daqueles pescadores e papalvos.

Aqui o riso de seu Juca Vilanova teve mesmo algo de sísmico, combinado como foi com ribombos de tosse que o sacudiram e lhe avermelharam o rosto e os olhos, onde as íris boiaram verdes, como abacates num lago tinto de crepúsculo. Grandes formações rochosas de asma sem dúvida se locomoveram, aluíram camadas antigas e reemergiram adiante em novas cordilheiras. Seu Juca Vilanova se curvou tanto no acesso brutal que a manta lhe escorregou dos ombros, o cobertor das pernas e ele se levantou, num horror de dispneia, avançando para um absorto Adriano como se o fosse esganar. Era realmente incrível que, com aquele terremoto a se processar trancado no tórax de seu Juca Vilanova, Adriano estivesse tão distante, tão melancólico, sentado em sua beira de cama... Desperto pela avançada de seu Juca Vilanova, ele se pôs de pé num segundo, atirou-se com um pulo de gato a uma maleta de medicamentos, de lá retirou um vaporizador que passou a seu Juca. Este abriu as fauces congestas, enfiou na garganta a ponta do vaporizador e deu bombadas vigorosas na pera de borracha do vidro.

Um cheiro distante de creosoto, abafado por um cheiro de enxofre, se espalhou pelo quarto. Os tremores geológicos foram diminuindo no peito de seu Juca Vilanova como se os Himalaias se estivessem consolidando. A cor de suas faces foi baixando do anterior encarnado-apoplexia, o escarlate dos seus olhos baixou também de tom como se o sol já estivesse muito raso em cima da lagoa. Seu Juca Vilanova tirou de um outro bolso um lenço limpo e, com a mão trêmula, enxugou o suor que lhe encharcara o rosto. Entregou o vaporizador a Adriano, silvando-lhe, com voz sumida e rouca:

— Idiota! Eu devia ter trazido o meu Alfredo.

Depois seu Juca Vilanova tinha se virado para ele, Delfino, e dito:

— Muito bem, meu filho, não sei se você reparou, mas sua eloquência foi da espécie mais rara e que eu mais amo: você não disse uma palavra. Concordou com tudo. Muito bem. Vá embora, vá. Adriano lhe dará agora 200 contos e a outra metade quando você levar o hóspede embriagado ao automóvel.

Ah, por que não tinha ele contado tudo isto a Mar, de um jato só, por que não tinha falado logo, em lugar de apenas chorar no seu ombro como se fosse uma das crianças? Por que a resistência, a teimosia, a impressão de que ia ladeira abaixo e de que nada lhe podia deter a carreira para o fundo do abismo?

— Que é, meu bem, que é que você tem?

Mas Delfino já estava melhor, isto é, mais trancado na sua teimosia, estava começando a fechar os olhos ao futuro imediato, ao que tinha de fazer, e a pregá-los, a fincá-los na terra do futuro remoto. O que tivesse de acontecer aconteceria, e sobre o que acontecesse o tempo, como uma tinta, havia de passar. Eram terríveis as horas que estava vivendo e ainda mais terríveis seriam as horas que tinha de viver no dia seguinte, mas esse dia seguinte em breve seria um ontem e a ele se uniriam incontáveis outros ontens inelutáveis, pintados de cinzento pelo tempo, dias idos, vividos, e que jamais poderiam ter ido ou sido vividos de outra maneira senão aquela em que se fossem e em que fossem vividos. Delfino se lembrava de ir saltando sobre dormentes no leito da via férrea quando menino e de imaginar que se pudesse de repente saltar uma porção de dormentes e postar-se lá adiante, voltado para onde viera, havia de ver-se andando de dormente em dormente. Depois tinha tido vontade, nos momentos difíceis da vida, de fazer isto com o tempo. Dado que os dormentes fossem dias e que os dias imediatos fossem os dormentes em sucessão no leito da via férrea, por que não saltar por cima dos dias desagradáveis e olhar-se a si mesmo lá da frente, olhar-se como se fosse outra pessoa, ou mesmo, corajosamente, como se fosse ele mesmo, mas em dias já idos e vividos ou em dormentes já pisados e passados? E que diabo era aquilo de idos e vividos que ele estava metendo no que pensava? Dias idos e vividos. Ah, aquela belezinha do verso da Carolina quando ela morreu. Trago-te flores da terra que nos viu passar unidos e agora todos os dias que eu ainda tiver de viver não valem um caracol, só valem os dias idos e vividos em que eu saltava de dormente em dormente mãos dadas com Carolina, mãos dadas com Martina, Marina, Tatuína, Sirisina, Iodina. Se pode acontecer que do lado de lá a gente olhe dormentes idos e vividos com saudade, por que não olhar com repugnância e reprovação dormentes que ainda vamos ir e viver antes de os irmos e vivermos, por quê? Principalmente quando a gente sabe que naquele dormente e naquele outro a gente vai dar uma topada de dedão, por que ficar pensando neles em lugar de imaginar que a topada já foi dada e a dor já foi sentida e tudo já foi pintado de cinzento e que a fieira de ontens já incorporou aqueles dormentes todos, mas não no dia daquele susto, Jesus!, quando na curva — Pi! — o trem tinha saído da curva feito um dragão saindo da cova feito boi bravo chamejando na venta, ah, que susto o sujeito ficar sem Carolina Mar morta que horror mar morto sem sal sem peixe à escabeche quanta coisa boa no Rio em hotelzinho barato o dinheiro vai longe mas que dinheiro quanto seria ao câmbio do dia 30 dinheiros é preciso vigiar a Virgem no cofre e o sacrista tocado por aí que patife coitada da Lola mas também que mulher ele foi pegar e com aqueles olhos feito bola de gude das grandes pregados na Mar não sai marraio mas oh Juquinha não pulo dormente sim nada de juquismos e adrianadas tudo é ontem já passado rebocado pintado sem remé...

— Que é que você tem? — ainda insistiu uma vez Marta, menos impressionada, porque Delfino tinha deixado de chorar.

— Nada, meu bem, isto passa. Imagine que papel de bobo eu estou fazendo, chorando assim. Eu ando meio cansado...

— Pois é, eu sei, querido. Você bem que merecia umas férias — suspirou Marta.

Delfino estremeceu, sentindo no bolso da calça a bolada de dinheiro que lhe dera Adriano. Quando seu Juca Vilanova tinha praticamente dito a ele que se fosse, Adriano, no quarto contíguo, fizera a entrega do dinheiro. Delfino tinha recuado.

— Parece que eu tenho de fazer ainda esse serviço, Adriano — foi a sua resposta —, mas não quero dinheiro. Restituo a Nossa Senhora, dou a você o raio do Judas, e acabou-se!

— Não seja besta, seu cretino. Eu garanto que seu Juca Vilanova nunca mais vem aqui. O negócio do... do Judas deu uma maluquice nele. E eu sei por quê. Mas ele não está habituado a ter de viajar, trabalhar, ameaçar pessoas como fez com o sacristão. Uma outra dessas e ele arrebenta. E isto — acrescentou Adriano entre dentes, rancoroso —, isto é bom demais para acontecer. Mas você não seja imbecil e meta essa erva no bolso. O serviço você tem mesmo que fazer porque o velho é teimoso, mas faça o serviço, degluta a grana e acabou-se!

E tinha praticamente enfiado o sobrescrito com o maço de notas no bolso da sua calça. Delfino resolvera no caminho que não havia de tocar no dinheiro para nada. Agora aquela observação de Marta o tornava pensativo, tentado. Tinha o direito de privá-la de uma vida mais confortável? Ah, canalha, Mar estava preocupada com as férias dele, não estava se queixando de sua própria vida, e ele agora já estava como que se convencendo a guardar o dinheiro como se fosse em atenção a ela! Não, naquele dinheiro não tocava. Não podia jogá-lo fora pela janela, mas ia pensar no bom destino que devia ter. Pelo momento, ia botar o sobrescrito na burra, onde estava a imagem, a imagem que amanhã ele ia levar ao santuário para... Mas não! "Vamos pular dois dormentes", disse Delfino a si mesmo.

5

A Sexta-feira da Paixão tinha despontado realmente triste para padre Estêvão. Desde o roubo da Semana Santa, de há treze anos, o arcebispo em Belo Horizonte, aliás cumprindo instruções recebidas diretamente do palácio de São Joaquim, no Rio, mandava circulares a todos os padres das igrejas históricas de Minas recomendando uma discreta mas intensa vigilância no período da Semana Santa. Era preciso evitar que o precioso patrimônio deixado pelos artistas do século XVIII naqueles templos sofresse um outro ataque de bárbaros. Seguiam-se recomendações sobre vistoria diária das imagens ocultas pelo sudário roxo, sobre o uso de fazenda roxa mais transparente quando a imagem fosse pequena e de grande valor e sobre a necessidade de nunca deixar as igrejas abertas e inteiramente vazias enquanto durasse o amortalhamento das imagens. No primeiro ano depois do roubo as instruções tinham sido draconianas, mas depois se haviam estereotipado nessas recomendações relativamente simples.

"Mas simples para igrejas que tenham pelo menos um sacristão!", exclamava com seus botões padre Estêvão. E era ou não era inconcebível que uma igreja perdesse seu sacristão exatamente como aquele, exatamente numa Sexta-feira da Paixão?

Da janela da sua casa, onde se achava, padre Estêvão ainda via, descendo a ladeira que ladeava o santuário, o vulto estranho de Pedro, o tronco feio apoiado nas pernas em X. Era o cúmulo que um homem que lhe devia tanto, que ele protegera contra tanto mexerico odiento, que ele sempre mantivera como seu sacristão, sem querer aceitar as ofertas de serviço de rapazes muito mais sãos e muito mais agradáveis de trato, era o cúmulo que numa manhã de Sexta-feira da Paixão o homem se despedisse calmamente e o deixasse em meio a todas as cerimônias e festas, ao beatério lacrimoso desses dias roxos, aos peregrinos e, acima de tudo, aos regulamentos terríveis que continuavam a ver em cada fiel um ladrão embuçado! O sacristão desapareceu na curva do caminho, e padre Estêvão, balançando a cabeça, relembrou as frases estranhas e sombrias que Pedro tinha usado, quando ele, cheio de pasmo, indagara dos seus motivos de ir embora e lhe pedira, mesmo, que não fosse antes de domingo pelo menos.

— Não posso, padre Estêvão, tenho de ir já.

— Mas, meu filho, em nome de Deus...

— Deus não quer nada comigo, não, padre Estêvão.

— Meu filho, não acrescente blasfêmia à sua deserção, ora essa!

— Não é blasfêmia, não. Eu devo ser filho do demônio criador das trevas.

— O demônio nunca teve filhos e nunca criou coisa nenhuma. Quem se deixa atrair por ele é porque deseja — disse o padre severamente — e não porque deva obediência a um pai. Pai é um só.

E padre Estêvão tinha acrescentado, duro:

— Deve ser bom o seu novo emprego, se você está com tamanha pressa de ir embora, depois de tantos anos aqui conosco.

— Eu não vou embora — tinha dito o outro, exasperado —, me man... tenho de ir embora!

— Mas hoje? Por que não fica uns dias e vai com mais calma?...

— Tem de ser hoje mesmo. O senhor pode me pagar os dias que me deve?

Padre Estêvão achou que assim também era desaforo demais.

— Não, absolutamente. Há muito gasto inesperado em dias como estes. Deixe aí o seu endereço, que eu mando lhe levar o dinheiro logo que puder.

— É muito longe, será que o senhor não podia...

— Agora não posso, não. Eu lhe mando o dinheiro por vale postal.

— Pois manda para a agência dos Correios de Itacoatiara.

— Isto onde é? Espírito Santo ou São Paulo?

— É no estado do Amazonas, padre Estêvão.

— Amazonas?...

É bem verdade que ele devia ter dado o dinheiro logo a Pedro, não era nada difícil pagar-lhe os 500 cruzeiros de dez dias de trabalho. Mas, depois de dizer ao desaforado que não tinha dinheiro, padre Estêvão não quis voltar atrás. E só viu Pedro mais um instante, já de mala pronta na mão direita e um embrulho de coisas de último momento na esquerda. Agora, vendo-o que desaparecia da sua vista talvez para sempre, pensou de novo naquilo que pensara ao ouvir o sacristão dizer que ia para o Amazonas. Era incrível. Por interesse financeiro, ou lá por que interesse fosse, Pedro Sacristão se desenraizava de Congonhas do Campo e ia para a beira do grande rio. Simples podia ser a decisão de um homem. Ele, no entanto, passara uma vida inteira sonhando com aquelas regiões, os índios ferozes, os bichos, sonhando até com as febres que trazem delírios — um padre salesiano, homem dos mais inteligentes que encontrara, lhe tinha dito que sentira de fato a vivência de Deus durante um delírio de febre maligna — e nunca tivera coragem de suspender a âncora de hábito e de preguiça que o cravara no chão férreo de Minas. Era uma espécie de d. Emerenciana ou d. Dolores tonsurada. "E mais pecador", acrescentou com um último suspiro.

Sem sacristão numa Sexta-feira Maior! Nisto é que tinha de pensar. O remédio para conseguir levar a cabo a Procissão do Enterro e esperar a hora de remover as mortalhas era andar ele com todas as chaves do santuário na cintura e manter tudo que pudesse fechado a maior parte possível do tempo. Vai a gente ajudar um cabra esquisito e ruim como o Pedro, e a paga era essa. Voa o urubu para o Amazonas e nos deixa sozinhos na pior semana do ano. Se d. Emerenciana não estivesse novamente com a mania das procissões e não tivesse inventado para si mesma um novo papel de santa Ana, seria ela provavelmente, apesar da idade, a melhor pessoa para lhe dar uma mãozinha nos trabalhos do dia. Havia outras pessoas que sem dúvida o ajudariam e que eram de toda confiança, mas o difícil era pegar alguma delas assim de supetão, à última hora. Padre Estêvão resolveu que o melhor era se arrumar sozinho.

Passada a Sexta-feira com sua procissão, já no Sábado de Aleluia de manhã teria tempo de contratar um menino que fosse para cuidar da limpeza até que se arranjasse outro sacristão. O que ele tinha a fazer no momento era deixar a igreja toda preparada para a procissão, trancá-la, só voltar a abri-la quando todos os figurantes chegassem vestidos, de suas casas, fechar novamente a igreja quando saísse o esquife do Senhor, abri-la ao voltar a procissão, e finalmente fechá-la para a noite, que graças a Deus havia de chegar, depois de tanta canseira. Já no dia seguinte podiam ser retiradas as mortalhas e... e acabavam-se os regulamentos!

6

Não se diga que naquela aziaga Sexta-feira da Paixão Delfino Montiel não teve pelo menos um pensamento piedoso. Disse, como se estivesse rezando: "Senhor, fazei com que meus sofrimentos de hoje, tão pequenos comparados aos vossos, possam aliviar os vossos." E Delfino estava realmente atravessando o dia mais agoniado de sua vida. Ele não podia garantir que toda aquela espécie de desconforto moral, aquele sentimento horrível de ter seu espírito caminhando com sapatos apertados, aquela angústia, fosse inteiramente espiritual. Pois se ele estava à beira de outro roubo sacrílego!... No fundo do mal-estar havia medo do sacristão, que não sabia se já teria ido embora, da polícia e, finalmente, do odioso seu Juca Vilanova, que parecia tão seguro de tudo que fazia. O dinheiro, Delfino já resolvera não empregá-lo, não usá-lo para coisa nenhuma, nem para pagar dívidas. Depois de se confessar com padre Estêvão, lhe daria toda a bolada. Ele que o empregasse em caridades, em missas, em velas, ou que lhe dissesse a quem, a que instituições encaminhá-lo. Mas mesmo esta boa intenção, tomada em toda seriedade, Delfino tinha medo de vê-la dissolver-se um pouco se saltasse uns dez dormentes e olhasse para trás, lá do futuro que seria o presente dentro de umas duzentas e quarenta horas. Passada a crise, passado o sacrilégio e com a volta inevitável dos cuidados de todos os dias e dos credores do ano inteiro, teria ele suficiente fortaleza de espírito?... Mas não! Agora a coisa era séria. Ele ia afinal se confessar, quando houvesse consolidado os dois roubos, e provavelmente a penitência que padre Estêvão, horrorizado, lhe imporia havia de começar pela entrega escrupulosa do dinheiro. E quisesse Deus que o padre não o fizesse espremer do passado o dinheiro obtido com o primeiro roubo! Ah, Senhor, por que se metera naquilo? Agora já achava que até o adiamento do casório tinha sido preferível. Sentia-se como um camundongo entre as garras de seu Juca Vilanova, estava humilhado, batido, nervoso, não queria, não queria por preço nenhum fazer o que ia fazer. Isto, pelo menos, era claro como o dia. Estava sendo forçado a cometer um ato que lhe era totalmente repugnante. A ideia de ir ao cofre, de tirar de lá a Nossa Senhora em sua sacola de lona e de levá-la para o santuário envolvia perigo, mas ainda assim era-lhe grata. Mas sair de lá para efetuar outro roubo!... Aquele diabo de seu Juca Vilanova, que parecia conhecer a gente melhor que a gente mesmo, devia ter sabido que, apesar de toda a sua fraqueza de caráter e de sua incapacidade de resistir ao suborno do dinheirinho fácil, ele, Delfino Montiel, simplesmente se recusaria a outra gatunagem se não lhe dessem igualmente a oportunidade de restituir a Virgem da Conceição ao povo de Congonhas. Mas... E se seu Juca tivesse dado livre curso ao sacristão, se tivesse deixado Pedro contar sua história aos quatro ventos?... Senhor... O melhor era não pensar naquilo, saltar por cima dos execráveis dormentes.

D. Emerenciana tinha combinado com Marta vir vesti-la antes da procissão. Ela já viria pronta, de santa Ana, e vestiria Marta. Antes das seis horas chegava ela, embrulho debaixo do braço. Já tinha deixado com Marta a túnica e o manto azul, agora trazia sandálias, saias compridas, cinto.

— Quer dizer que o meu crucifixo está com o Argemiro Crissiúma, não é verdade?

— Não, d. Emerenciana, está com o Chico Santeiro — disse, paciente, Delfino, quando a velha chegou com o embrulho e sua bengala na mão direita.

Marta sorriu à socapa, olhando Delfino, mas Delfino estava com a alma envolta num sudário roxo. Não conseguia achar graça em nada. Felizmente d. Emerenciana e Marta tinham encontro marcado na casa de padre Estêvão com todos os demais figurantes. Delfino só iria vê-las na igreja, quando a procissão já estivesse sendo aprontada para sair com o esquife do Senhor. Marta, quando veio se despedir dele, já estava vestida, mas não houve d. Emerenciana que a convencesse de que devia andar pela cidade, até a casa de padre Estêvão, trajada de Nossa Senhora. O cabelo, que ela penteara e escovara para usá-lo solto sob o manto, prendeu-o atrás para sair de casa. O manto, embrulhou-o para levá-lo sob o braço. Finalmente, por cima da túnica cor-de-rosa vestiu uma capa. Assim saiu ao lado de uma d. Emerenciana de peruca branca, túnica e xale azul-escuro, cinto dourado e sandálias azuis e douradas, para combinar com o resto. O manto da cabeça era azul mais claro com barra dourada.

Quando as duas partiram, Delfino ficou só com seus temores e seus remorsos. Não tinha muito tempo. A procissão devia estar formada aí pelas sete horas da noite e antes disto ele devia ter achado o momento apropriado para colocar a Nossa Senhora sob o pano do altar-mor. O melhor era ir logo para o santuário.

Padre Estêvão fechou toda a sacristia. Só ia deixar aberta a porta do santuário, a porta principal. Pouco antes das seis e meia fecharia aquela também. Os fiéis que se espantassem. Melhor! Que podia fazer sem um sacristão? A todos os figurantes da procissão dissera que estivessem em sua casa pontualmente às seis e meia. Em menos de meia hora os organizaria lá e os traria ao santuário. Sem o Pedro, se fossem tentar organizar o desfile dentro do templo, a balbúrdia seria terrível. Assim era mais prático. A procissão, em suma, começaria em sua casa. Dentro do santuário teriam apenas de tomar o esquife do Senhor Morto, iniciar a música e sair, momento em que ele de novo fecharia a porta principal.

Enquanto esperava os minutos que faltavam para cerrar a porta principal, padre Estêvão, absorto, ajoelhado num dos primeiros genuflexórios, pensava que quase tão aborrecidas quanto a deserção de Pedro numa hora daquelas eram as expressões de solidariedade, em relação à sua pessoa, e de selvageria, em relação a Pedro, das beatas locais:

— Molecote ordinário aquele — dizia madama Bretas.
— Imagine, deixar um santo como o senhor assim sozinho.

Santo! Palavrões enferrujados pelo desuso quase vinham estourar nos lábios do padre.

— Eu bem dizia — exclamava outra — que aquilo não era boa coisa. E que vergonha quando ele andava por aí às voltas com a Lola Boba!

Todas, sem exceção, queriam ser sacristãs, mas lá à moda delas, não de vassoura e apagador de pavio na mão, escova de assoalho e sabão em punho para limparem de joelhos as lajes do chão e os chafarizes e pias, não. Queriam botar jarrinhos de flores por todos os cantos e torcer o nariz a quem viesse à igreja e não fosse das suas amizades. Aquela espécie de ajuda ele agradecia.

Padre Estêvão, de seu genuflexório, lançou um olhar ao esquife do Senhor Bom Jesus colocado nos degraus do altar. Uns vultos rezavam em torno dele. De longe era exatamente como um caixão comum, aquele esquife, e o vulto era exatamente o de um morto. Só destoava de um cadáver qualquer, aquela imagem do Senhor Morto, pela coroa de espinhos na cabeça, pela colcha de brocado que o cobria até o queixo.

Bem, estava na hora de fechar o santuário. Padre Estêvão se levantou sentindo no bolso da batina a chave grande da porta principal e foi até aos vultos que rezavam em torno do esquife.

— O santuário vai ser fechado uma meia hora antes da procissão — disse o padre num murmúrio aos que ali se ajoelhavam.

Esperou um instante que se benzessem, se levantassem e foi saindo na frente de todos. Não ficava ninguém na igreja. Quando todos tinham saído, padre Estêvão fechou a pesada porta e passou-lhe a chave.

Ao chegar ao santuário, Delfino tinha visto padre Estêvão no seu genuflexório. Mas tão absorto estava o padre que seguramente não o vira. "Tanto melhor", pensou Delfino, apertando contra o corpo a sacola escura onde vinha Nossa Senhora da Conceição. E, silencioso, ajoelhou-se no extremo esquerdo da mesa de comunhão, na sombra de um altar. Estava praticamente invisível. Naquele momento não sentia remorsos. Mal sentia temores. Seu coração batia apressado, sem dúvida, mas quase como o de um caçador no momento da caça ou coisa assim. Precisava agir com habilidade, rápido, sem pensar muito. Colocava a Nossa Senhora, deixava a procissão sair, ia apanhar o Judas.

Nossa Senhora debaixo do braço esquerdo, contra seu coração que batia apressado, Delfino esperava que diminuísse o grupo em torno do esquife e que o padre saísse um instante. Bastava-lhe um instante.

Padre Estêvão se levantou, foi ao grupo em torno do esquife, curvou-se. Levantaram-se todos. Foram saindo. Saíram todos. Padre Estêvão puxou a porta. Era a sua oportunidade! Delfino caminhou ligeiro e silencioso para o altar-mor, puxou de dentro da sacola, com a mão direita, a estatueta da Virgem, levantou o pano roxo e a colocou na base do altar. Empurrou-a bem para o centro. Com o coração ainda aos saltos, dobrou a sacola e a enfiou no bolso da calça. O melhor era sair pela sacristia, para que não o vissem. Dirigiu-se rápido para lá e experimentou a primeira porta. Fechada. Experimentou a segunda. Fechada. As janelas. Fechadas. Ora essa! Pois não é que padre Estêvão tinha trancado toda a sacristia num dia daqueles! Ah, sim, o Pedro não estava mais, coitado do Pedro. Era isto. Delfino atravessou depressa, mas sem exagero, o templo inteiro, rumo à porta principal. Devia estar apenas com o trinco. Afinal de contas, estava quase na hora de começar a procissão. Puxou a porta. Puxou-a forte. Trancada! Um primeiro sobressalto de pânico apertou-lhe a garganta...

— Padre Estêvão! — falou, alto, pensando que talvez houvesse alguém ali, em alguma parte.

Nada. No fundo do santuário, entre quatro tocheiros onde ardiam grossos círios roxos, o Senhor Morto.

Delfino correu à sacristia. Sacudiu, frenético, as janelas e portas. Mal conseguiu que umas e outras vibrassem um pouco nos seus gonzos, aquelas janelas e portas pesadas, grossas, janelas e portas de cárcere. Num ímpeto de pavor, de assombro e perplexidade, Delfino se atirou com todo o peso do corpo, todo o furor, contra uma das portas. Foi tão violento o choque que caiu no chão, o peito doído da pancada brutal, os pulsos moídos, a cabeça toldada.

Meu Deus, meu Deus, que armadilha era aquela? Que queria dizer o templo ermo e ele ali sozinho com os círios roxos e Deus morto, morto, no caixão? Correu, agora correu como se estivesse num campo, correu de novo à porta principal, jogou-se contra ela, experimentou como um doido a fechadura impassível, e ia atacá-la a murros e berros quando se deteve, arquejante. Como explicar, a quem porventura abrisse, sua estada ali, sozinho? Ou, por outras palavras, quem acreditaria no "milagre" da "volta" de uma imagem roubada se um homem fosse encontrado ali dentro? Não, precisava se controlar, pensar, pensar depressa. Ouviu vozes do lado de fora.

— Ué, a porta está trancada!

— E a procissão? Já está na hora de largar.

— Ah, agora me lembro, padre Estêvão está sem sacristão e resolveu armar a procissão na casa dele. Acho que vem lá.

— Olha, o soldado romano... Nossa Mãe, que flagelado! Já vinha lá... Delfino correu para longe das vozes, precipitou-se ao altar-mor, afastou o pano roxo. A Virgem sorria com seu bambino, olhos brilhantes, talvez ainda mais extática, mais pura e mais afirmativa. Que fazer? Guardá-la? Delfino aproximou da imagem sua mão trêmula... Como explicar ao padre que ficara ali só quando todos haviam saído? E logo ele, que há tanto tempo era um fiel dos mais mornos. Que ia dizer? Que tinha ficado perdido em preces? Com um embrulho debaixo do braço? Bastava que alguém, com a maior naturalidade do mundo, lhe perguntasse o que levava ali... Não, não podia! Senhor, que fazer? E agora mesmo, ali do fundo da igreja, ouvia vozes dos que se acumulavam na porta. Delfino sentiu-se intoxicado pelo cheiro de velas, de flores, de panos de altar, pelo incenso de séculos entranhado nos muros, agarrado aos castiçais, ao entalhe de madeira, às rosas de pedra-sabão, às bochechas dos anjinhos. Havia ali uma presença imponderável, uma coisa imensa, um bafio de sepulcro, um castigo eriçado de flores, traspassado de círios, pregado de tábuas. Ele estava no sepulcro, no caixão, lacrado na morte eterna, e de repente iam irromper pela porta os seus algozes e encontrá-lo ali, inerme, gatuno, morto.

E a ideia única, louca, salvadora e danadora se impôs a Delfino com a violência do que não traz alternativa. Ele se curvou para o esquife, apalpou a coroa de espinhos, viu que estava solta, tirou-a da cabeça do Senhor, puxou a colcha de cima do Senhor e afinal tirou toda a estátua do Senhor de dentro do esquife, meteu-a bem para baixo do altar, colocou a coroa de espinhos em sua própria cabeça, deitou no esquife, puxou a colcha de brocado bem para o queixo, para a sua boca, e ficou imóvel.

A porta principal se abriu, vozes se ouviram no templo, umas poucas luzes se acenderam.

É claro, dizia Marta Montiel a si própria, encaminhando-se para o santuário, é claro que ela não se importava de ser bonita. Afinal de contas, Deus é que a tinha feito como era, e se não fosse feita assim talvez sua vida fosse outra, talvez nem se houvesse casado com Delfino. Mas não só havia muita gente que exagerava, como, além disso, ela detestava piadas e galanteios. Sentia — por que não havia de dizer a si mesma? — um grande prazer, uma agradável quentura pelo corpo todo quando algum homem a olhava com aquela admiração sincera que a gente sente nos olhos e nos gestos das pessoas. Mas piadas não, isso era detestável. E ainda mais quando a gente está vestida de Maria Mãe de Deus. Um instantezinho que ela havia aparecido, já toda pronta, na porta da casa de padre Estêvão, tinha bastado para dois engraçadinhos dizerem bobagens como "Assim até eu morria na cruz" e outras tolices. Felizmente, uma vez formada a procissão para ir da casa do padre para o santuário tinha havido respeito geral. Nem lhe diziam piropos e nem se riam de d. Emerenciana ou do Laurindo Monteiro da farmácia, muito gordo demais para ser centurião. E onde estava Delfino? Por mais que relanceasse olhares furtivos para a multidão que já ia se aglomerando, não via Delfino. As portas da igreja se abriram de par em par. Padre Estêvão disse aos soldados romanos, ao cireneu, ao rapaz que ia tocando a matraca, às crianças vestidas de anjos e aos membros das congregações, com suas velas acesas, que ficassem perto da porta, já que formavam a testa da procissão. Maria Santíssima, santa Ana, Nicodemo e são José de Arimateia deviam entrar e ficar perto do esquife. O centurião e a soldadesca ficavam no couce, fingindo azorragar a multidão.

Delfino estava hirto no fundo do caixão. Sua cabeça funcionava com tal rapidez, era tal a quantidade de pensamentos que se entrechocavam lá dentro, que, como roda que de tanto rodar parece parada, ao próprio Delfino aquele pandemônio parecia uma paralisia, uma morte. Ouviu que se aproximavam pessoas. Sentiu no peito uma pontada quando, por entre os círios cerrados, entreviu d. Emerenciana e Marta. Fechou os olhos. Felizmente elas não estavam olhando. Felizmente poucos parecem fitar a cara do Senhor Morto. Viu a luz de velas por sobre a sua cabeça e sentiu que o erguiam do chão, alto, alto. O esquife se terminava em varais e era levado no ombro.
  "Graças a Deus. Louvado seja Deus", pensou Delfino. Suspenso no ar, respirou um pouco. Não podiam vê-lo agora. Mas ele não seria mais pesado que a estátua do Bom Jesus? Aqueles varais não iam se partir? Pouco importava. No momento qualquer coisa era preferível a ficar como estava, no chão, ou a ser carregado em braços estendidos, com todo o mundo a olhar sua cara de danado, blasfemo, doido. Olhos postos no teto, sentindo irritar-lhe o queixo o brocado da colcha, Delfino estava descansando um segundo,

parando o moinho das ideias incessantes um momentinho, quando reboou o cântico pelo templo:

Stabat Mater Dolorosa...

Arriaram o esquife. Estaria descoberto, iam puxar-lhe a colcha no meio da igreja, entre as velas e aquele cântico que lhe era despejado nos ouvidos como espermacete líquido, quente, ardente?... *Stabat Mater Dolorosa!* Como um azeite de candeia santa a ferver, o reboo do cântico chiava-lhe no ouvido, escaldante, e ia queimar-lhe o cérebro. Desmaiou.

Acordou do lado de fora, novamente carregado em ombros, a fresca da noite nas suas faces frias, molhadas de lágrimas. E até o fim da procissão Delfino foi entre lucidez e desmaios, noção das coisas e delíquios, momentos de terror, quando o caixão em que ia se inclinava demais para diante, na ladeira abaixo, ou quando se inclinava ao contrário, na ladeira acima, e sua cabeça batia na cabeceira do esquife e ali se achatava contra os espinhos da coroa. Oh!... Nos segundos de uma espécie de repouso que era um pedido mudo de morte, Delfino mergulhava os olhos no céu marchetado de estrelas e via nele o manto de Marta a ocultá-lo naquele pecado, naquele esquife roubado, dos olhares de Deus e da corte dos santos.

Quando afinal viu novamente sobre sua cabeça o teto do santuário e ouviu os cânticos de novo reboando num espaço fechado, Delfino, ainda que olhado de frente, já não estava tão diferente da estátua que ocultara bem embaixo do altar. Lívido, desfeito, a cara empastada de suor e de choro, os cabelos grudados sob a coroa, parecia mesmo um pobre corpo escarnecido e sofrido, pronto para a tumba. Baixaram o esquife no chão. As luzes lhe faziam mal aos olhos, mesmo através das pálpebras. Quando foi arriado pelos homens fatigados, viu os rostos dos que depositavam o esquife no chão virados para o seu um instante. Misericordiosamente, desmaiou...

Padre Estêvão pedira a todos que não se detivessem muito tempo no santuário, pois precisava cerrá-lo. Queria agora ir embora, mas d. Emerenciana continuava a rezar num canto, olhos revirados para o teto. O que ela não queria, dizia a si mesmo padre Estêvão com rancor, era tirar a fantasia. Quando ela se fosse podia fechar a porta e ir dormir. Ajoelhou-se um instante, passou um lenço na testa úmida e, como acontecia sempre que a fadiga o abatia, provou quase fisicamente, na boca, o amargor da sua vida, daquela rotina que não lhe interessava, do muito servir a Deus que imaginara e não servira. Enterrou a cabeça nas mãos, começou a murmurar um doloroso credo e viu...

Viu o Senhor Morto que erguia um instante a cabeça dolorida em seu esquife!

D. Emerenciana não tinha ficado até mais tarde apenas para não tirar a fantasia, como dissera a si mesmo padre Estêvão. Era isto e a insigne honra que lhe fazia Deus naquele dia triste de deixá-la só, no seu santuário, com o seu sacerdote. Aquilo sem dúvida queria dizer que Deus estava satisfeito com sua filha, sua velha filha, e concedia-lhe aquela oportunidade extraordinária de enviar suas preces juntamente com as do padre aos pés do Salvador sacrificado. Ah, tão cedo não ia sair dali. Ia pedir várias graças e fazer inúmeras orações, certa de que Deus a ouviria, convicta de que estava numa espécie de ligação direta com o Paraíso... E d. Emerenciana de súbito arregalou os olhos sob sua peruca branca e seu manto azul e ouro de santa Ana, mãe de Nossa Senhora.

Sim! Sim! Cristo morto erguia a cabeça... Oh!

— Oh! — gritou, abafada, d. Emerenciana, enquanto seu coração parava para sempre de bater.

Delfino viu padre Estêvão se curvar sobre d. Emerenciana. Viu em seguida que a erguia nos braços e a carregava para a porta. Saiu do esquife, tirou da cabeça a coroa de espinhos, repôs a estátua no caixão, cobriu-a, pôs-lhe a coroa na cabeça, esgueirou-se para a esquerda, colou-se contra a parede e foi caminhando na sombra dos altares.

Lá na porta principal do santuário, padre Estêvão chamara pessoas que passavam. Algumas tinham corrido a buscar um médico para d. Emerenciana, que jazia, boca meio aberta, a cabeça nas pernas do padre Estêvão, que se sentara no batente da porta e tentava reanimá-la.

Das pessoas que se haviam acercado algumas tinham entrado no templo. Delfino surgiu entre elas naturalmente, misturou-se às outras que estavam fora e tomou o caminho de casa. Ia mole, exausto, inteiramente exausto, um nó de pranto amarrado justo em seu pescoço, um enorme horror de si mesmo.

Só numa coisa pensava: Mar. Só pensava no seu regaço, no seu repouso, na sua doçura. Agora estavam acabadas as zonas, as reservas, as coisas que não lhe contava. Ia para ela como um menino infeliz. Só ela podia compreendê-lo.

Onde é que teria estado Delfino, entre os acompanhantes da procissão? Bem que ela o procurara, no fim talvez até com uma certa inconveniência, dizia-se Marta. Apesar de dever guardar os olhos no chão quase todo o tempo, chegara até a virar a cabeça em muitos momentos, sem enxergar Delfino. Mas de algum ponto ele sem dúvida a acompanhara com os olhos. Marta esperou um pouco, pois talvez Delfino ainda chegasse a casa em tempo de vê-la, de perto, vestida de Maria Santíssima dos pés à cabeça. Ainda vestida, botou as crianças na cama, com ajuda da empregada, depois sentou-se um pouco na sala. Mas viu logo que, se insistisse, dormia ali mesmo. O melhor era meter-se na cama. Com Adriano novamente na cidade, era possível que Delfino não entrasse muito cedo. Foi para o quarto, tirou o manto da cabeça e olhou os cabelos, que usava presos e agora lhe chegavam aos ombros, escovados, que tinham sido com energia por d. Emerenciana. Até passavam um pouquinho dos ombros, pensou ela, vendo os reflexos dourados que a luz ia buscar na massa castanha. Tirou as joias e a túnica, enfiou a camisola e, quando ia tirar as sandálias, ouviu Delfino que abria a porta. "Ah, que bom", pensou Marta.

"Mas, meu Deus, como ele está desfeito, esquisito!", pensou ao vê-lo. Tinha as têmporas raladas, a roupa toda amarfanhada, parecia amedrontado, trêmulo! Marta saltou da cama e foi ao encontro de Delfino. Ia começar a dizer alguma coisa, a perguntar, quando Delfino a puxou para que sentasse ao seu lado na beira do leito, pôs a cabeça em suas pernas como uma criança, e começou a soluçar. Chorava tão alto que Marta, pousando por um instante a cabeça dele na cama, foi fechar a porta que dava para o resto da casa.

Depois voltou, tomou-lhe a cabeça e foi falando, quase como fazia com os meninos:

— Assim, meu bem, chora que é bom... Chora à vontade, que alivia...

E ali ficou, intrigada, mas acima de tudo terna, alisando os cabelos dele, examinando aqueles arranhões nas têmporas e na nuca de Delfino.

— Chora bem, meu anjo, com a sua Mar... Choro preso não faz bem a ninguém.

Depois, quando a crise já ia passando, ela perguntou:

— Que foi, meu filho? Aposto que são esses jantares e essas saídas com Adriano. Fale com a sua Mar...

— Você... você vai ficar horrorizada... Você não vai querer mais me ver.

— Ora, tolice, meu bem. Então não sou a sua mulher? Fale, fale comigo. Conte tudo.

— Mas é horrível, é pavoroso — disse Delfino, estremecendo.

— Fale, meu bem — disse Marta, preocupada, aflita, mas pensando que provavelmente se tratava de alguma briga, de alguma farra, de uns goles a mais. — Fale, vamos. Onde é que você esteve durante a procissão?

Delfino, a cabeça nas pernas de Marta, que continuava a lhe acariciar os cabelos, murmurou, tentando não ouvir com os ouvidos o que dizia com a boca:

— No esquife do Senhor.

— O quê? — perguntou Marta, certa de que sonhava ou de que Delfino enlouquecera.

— No esquife do Senhor, Mar, imagine, no esquife do Senhor!

E agora as palavras vieram em catadupa à boca de Delfino:

— Eu tinha ido lá ao santuário restituir a Nossa Senhora da Conceição roubada há treze anos, lembra-se? Lembra-se dessa história do roubo da Semana Santa? Foi o único meio de a gente se casar, Mar, foi o roubo da imagem. Adriano é que veio aqui me propor o negócio, por conta de seu Juca Vilanova.

— Não estou entendendo bem, Delfino. Aquele primeiro roubo?... Você?...

— Sim, Mar, recebi 50 contos para roubar a imagem.

— Mas... mas não entendo nada, Delfino. Que é que tem isso com essa história medonha?... Você roubou a imagem há treze anos... e agora?... Não estou compreendendo. E isto do esquife do Senhor? — disse ela, com um tremor na voz. — É talvez melhor você primeiro dormir, repousar. Ou talvez deva chamar o médico. Não entendo...

— Escute, Mar, e tenha pena de mim. Adriano voltou agora me propondo que pusesse de novo a imagem roubada no seu lugar... Eu fui lá fazer isso, mas padre Estêvão fechou a porta, eu fiquei preso lá dentro, e... não tive onde me esconder. Só podia me esconder no esquife.

Os dedos de Marta tinham parado, já antes, de lhe acariciar a cabeça. Agora, afastando-se para a esquerda na beira do leito, ela colocara a testa de Delfino na própria cama. Ele ali ficou, interdito, sem saber o que ia lhe acontecer. Marta, uma angústia imensa a sufocá-la, foi até a janela. Andou pelo quarto, mão na garganta, uns farrapos de oração tentando chegar aos seus lábios. Ainda não entendia bem. Precisava ouvir toda a história de Delfino. Mas havia aquele horror...

Oh, Deus! Alguém já fizera coisa mais extraordinária, mais pecaminosa, mais estranha e demoníaca?... No esquife do Senhor! Carregado em procissão! Marta andou pelo quarto, andou umas dez vezes, com Delfino imóvel, a cabeça pousada onde Mar a deixara. Ela olhou Delfino jogado ali como um fardo, temeroso de fitá-la, coberto de temor, de pecado, e sentiu pena dele. Mas uma pena terrível, como nunca sentira de ninguém, uma pena de juiz que vai punir. Sua resolução estava tomada. Agora precisava ouvir a história.

— Delfino.

— Sim — respondeu ele, sem deixar a sua posição.

— Sente-se, Delfino, sente-se feito um homem.

Delfino sentou-se na beira da cama, ainda sem fitá-la.

— Comece a história do princípio, Delfino. Conte-me tudo.

E Delfino foi contando. Rememorou a primeira visita de Adriano e sua parte no roubo da Semana Santa. Disse a Mar como e por que tinha perdido a coragem de se confessar. Chegou aos terríveis dias que vivia agora, à chantagem de seu Juca Vilanova e Adriano, à impossibilidade em que tinha se visto de resistir, e finalmente contou o que acabava de lhe acontecer: a procissão, o terror com que notara, ao levantar do esquife, que ainda estavam na igreja d. Emerenciana e o padre Estêvão, mas o terror maior ainda, que o tornara imprudente: o de que o santuário fosse novamente trancado com ele lá dentro...

À medida que falava, sem olhar Mar, Delfino ia sentindo o alívio que ela lhe prometera quando lhe dizia que chorasse à vontade. Ah, que bom tirar da alma todo esse peso, que bom se revelar a Mar horrendo, mas inteiro, sem nada mais lhe ocultar, que bom...

Marta, que tinha ouvido toda a história sentada na cadeira que lhe servia de mesa de cabeceira, reparou, no fim, que estava transida de frio, literalmente gelada sob a camisola leve. Estremeceu, foi ao armário, apanhou seu roupão felpudo de banho e vestiu-o. Estava acabada a história. E agora?

"E agora?", pensou Delfino. "Estava acabada a história. Mar não lhe dizia nada?" Mar estava de pé, parada no meio do quarto. Delfino, o rosto mortalmente abatido, mas sentindo-se muito mais calmo, foi para Marta como um suplicante, braços corridos ao longo do corpo. Agora precisava que ela lhe abrisse o regaço e novamente lhe falasse com brandura. Agora não tinham mais segredos, não havia mais barreiras entre eles. Mas, quando se aproximou, Marta estendeu na ponta dos braços duas mãos geladas, que lhe tocaram os ombros e o fizeram parar no meio do quarto.

— Não — disse ela simplesmente.

— Mar...

— Não!

— Você está com ódio de mim? — perguntou Delfino, trêmulo.

— Não.

— Então...

— A gente não tem ódio de estranhos, e eu só conheci você hoje.

— Marta, meu amor — disse Delfino, aflito, estendendo-lhe os braços.

Novamente ela o deteve com as mãos:

— A gente não abraça estranhos, não consola estranhos, não fala a sós com estranhos.

Marta foi para a cama, apanhou seu travesseiro, um cobertor e disse:

— Adeus, Delfino.

— Você?... Você não vai me abandonar, vai, Mar?

— Não. Eu me casei com você, embora não soubesse quem era você. Serei sempre sua esposa, já que nos casamos. Mas não quero que você me toque mais. Nunca mais.

Delfino sentiu, agora sim, que derrubara pedra a pedra sua vida. Agora, sim, Deus lhe fazia sentir a extensão dos seus crimes. Privação de Mar era o castigo. E diante desse castigo era melhor ser desmoralizado por Pedro Sacristão, denunciado por Adriano Mourão, era melhor esmolar na rua. Marta ainda tremia de frio, mas as maçãs do seu rosto ardiam, queimavam como rosas de fogo. Ninguém, ninguém que a conhecesse duvidava do que dizia naquele momento. Tenazes, torqueses e torturas esquecidas de outros tempos não desmanchariam aquelas rosas de fogo, que Delfino jamais vira assim, de sangue vivo, no rosto pálido de Marta.

— Mar — gemeu Delfino enquanto ela se retirava com seu travesseiro e seu cobertor.

— Nunca mais!

— Mar, eu vou me confessar, eu vou expiar os meus crimes.

— Que profanação, Delfino! — disse ela, voltando-se um instante e agora falando com cólera. — O esquife do Senhor! Covarde! Só para não ser descoberto como gatuno que é! Como gatuno eu ainda lhe perdoava... mas isto!

— Eu juro, juro, Mar, que vou expiar o crime!

— Você não tem fibra para expiar um crime desses! Você não é homem para isso!

E enquanto Delfino cravava as unhas no colchão e metia a cabeça no travesseiro, Marta saía do quarto para ir compartilhar o leito de uma das crianças.

PARTE IV

1

Congonhas viveu os dias mais cheios de sua vida — desde os recuados tempos da descoberta de ouro — com o reaparecimento da Virgem e a morte de d. Emerenciana. Padre Estêvão tinha aceito, na manhã de Sábado de Aleluia, o auxílio de duas pessoas para a remoção dos panos roxos dos altares, sob sua vigilância, o Raimundo e o Tião, que às vezes ajudavam à missa. Raimundo baixou o pano do altar-mor, mas nem notou a estatueta ali colocada na véspera por Delfino. Foi o próprio padre Estêvão quem a avistou de longe, se aproximou e tomou-a nas mãos. Só então Raimundo arregalou os olhos:

— Ué, gente, até parece aquela tal...

— É aquela mesmo, a Virgem que foi roubada — disse padre Estêvão.

Em dois tempos a notícia tinha corrido Congonhas inteira e começara a transbordar pelas cidades vizinhas. Nossa Senhora da Conceição voltara misteriosamente, depois de treze anos de ausência. Formou-se logo a piedosa história de que Nossa Senhora, horrorizada com a miséria que ia por aquela terra mineira, tinha durante treze anos, à imitação do Seu Filho, vivido como simples mulher de Minas, para sentir em sua carne o sofrimento de todos os seus filhos. Agora retornava à sua forma antiga de estatueta de madeira pintada e, sem dúvida, ao céu, onde ia relatar os horrores que vira em sua existência terrena.

"E como se ligava àquele milagre a morte de d. Emerenciana?", matutava-se. Teria ela, porque vestida de santa Ana, sido chamada a acompanhar sua divina Filha ao céu? Curioso seria se ela, que, como todos acreditavam, tinha vivido a vida inteira virgem como nascera, tivesse subido agora aos céus como mãe por excelência, mãe da Mãe de Deus, matriz da Mater, mina da Fonte.

"Que morte linda, não é?", tinha sido, de qualquer maneira, o comentário que mais se repetiu sobre o súbito falecimento da beata fulminada em pleno santuário do Senhor Bom Jesus de Matosinhos, vinda da Procissão do Enterro e ainda vestida de santa Ana. "Nem precisou mudar de roupa no céu", foi o aplaudido epitáfio que lhe fez madama Bretas, ciumenta de d. Emerenciana enquanto esta vivera, mas que agora lhe rendia um preito de admiração à vida dedicada às sacristias e à morte esplêndida, talvez misteriosamente ligada ao reaparecimento da imagem roubada, assim como se Emerenciana se houvesse retirado de Congonhas do Campo e do mundo para que Nossa Senhora voltasse ao mundo e a Congonhas do Campo.

Delfino Montiel, subitamente amadurecido pela ruína em que se transformara o mais íntimo e mais precioso de sua vida, ouviu com vergonha as notícias do "milagre" da volta de Nossa Senhora e aguardou com resignação as consequências que lhe podiam advir da morte de d. Emerenciana. Eram duas. Ou bem padre Estêvão o reconhecera sob o sacrílego disfarce do Senhor Morto e ele, Delfino, podia muito bem ser apontado como causador da morte de d. Emerenciana, ou bem padre Estêvão estava convencido de que o Senhor lhe aparecera e aparecera a d. Emerenciana, e espalharia a notícia do milagre. Isto, aliado ao retorno da Virgem, levaria a uma canonização popular da beata, o que obrigaria Delfino a intervir, em nome da honestidade e da verdade das coisas. Agora principalmente, que Marta sabia de tudo, tudo, ele teria de se comportar como um verdadeiro homem. Não seria apenas ele a sofrer, mas igualmente Mar, que decerto não o amava mais — que lhe tinha até nojo, pensou Delfino com um calafrio, ao evocar certa cena — mas que padecia em seu orgulho de mulher casada com um pulha e de mulher religiosa casada com... com o quê?... com uma espécie de sinistro palhaço do que havia de mais sagrado neste mundo.

Fosse como fosse, na vaga esperança de reconquistar Marta e na ânsia de consertar o melhor possível os erros que cometera, Delfino tinha ido no dia seguinte, Sábado de Aleluia, visitar padre Estêvão. Estava disposto a contar-lhe tudo, de homem para homem, sem confessionário nem nada, para que o padre ficasse em liberdade de denunciá-lo como homem, se achasse que devia. A flama dos grandes gestos, que existirá potencialmente em todos os homens mas que tinha pavio um tanto curto em Delfino, estava em seu mais ardente naquele dia.

Padre Estêvão não tinha dito uma palavra a quem quer que fosse sobre algum fator miraculoso que houvesse no reaparecimento da Virgem ou, menos ainda, sobre alguma visão que tivesse tido do Senhor. Ora, Delfino sabia que, ao erguer a cabeça no esquife, tinha sido visto pelo padre. Disto estava certo. Se o padre não falava agora em milagre ou visão é que sem dúvida tinha desmascarado a sua burla. Provavelmente o reconhecera. Tanto melhor. Ele sentia, pela primeira vez na sua vida, necessidade de ser castigado. Que denunciassem seu pecado em toda a sua enormidade. Que o prendessem, julgassem e condenassem. Se de alguma forma ia poder recuperar o amor de Mar e sua paz de espírito, era com algum remédio violento.

Muito mais alegre, agora que a haviam livrado dos panos roxos, a igreja estava cheia, mas cheia não de gente que rezasse. Era gente que conversava em murmúrios tão permanentes e fortes que, somados, eram um ruído de imensa colmeia em ebulição. Um grupo grande aglomerava-se, de joelhos ou de pé, diante do altar-mor, que padre Estêvão fizera isolar com um cordão, pois de contrário, de tanto ser beijada, a Nossa Senhora do Aleijadinho acabaria sem feições, sem formas e sem bambino ao fim do dia. Um outro grupo meio extático, meio alarmado, apontava no chão o local onde d. Emerenciana tinha caído morta.

Raimundo e Tião, muito importantes, atendiam a grupos inteiros de cada vez, como se estivessem mostrando o templo a turistas, e contavam e recontavam como, antes mesmo de descerrarem o pano do altar-mor, tinham sentido por trás dele uma luz sobrenatural do nimbo de Nossa Senhora. Por isto é que padre Estêvão, mal o pano se afastara, tinha podido apontar para a imagem milagrosa e dizer que a Mãe de Deus voltara a Congonhas.

Padre Estêvão, porém, não estava na igreja. Delfino puxou seu antigo vendedor Raimundo para um canto e perguntou-lhe se padre Estêvão tinha falado sobre os fatos da véspera a alguém. Raimundo informou que não. Pouco depois de descoberta a imagem, padre Estêvão recomendara-lhe, e ao Tião, que ficassem ali recebendo as pessoas, que ele ia rezar e repousar em casa.

Em qualquer outra oportunidade Delfino não teria pensado em perturbar o descanso do padre. Mas nem hesitou naquele momento. Atravessou o jardinzinho da frente da casa e, vendo que a porta de entrada estava trancada, seguiu pelo oitão. A cozinha devia estar aberta. Tocou para lá.

Quando chegou ao quintal, porém, parou, interdito. Padre Estêvão estava ajoelhado na terra e voltado para a direção em que vinha Delfino. Estava ajoelhado no chão e apoiava os braços num velho carrinho de mão que mais de uma vez Delfino vira ali. A princípio Delfino sorriu, prestes a cumprimentar o padre. Mas reparou que este não o vira. Estava transfigurado, padre Estêvão. Seus lábios mal se moviam, seus olhos estavam quase vidrados e em todo o seu rosto havia uma estranha expressão de repouso em meio a um ato de grande esforço; assim como um acrobata que adormecesse entre dois trapézios. Era evidente que padre Estêvão não havia escolhido o carrinho de mão como genuflexório. Tinha sido forçado de súbito a vergar de joelhos e rezar ali mesmo. Nem na igreja, em lugar nenhum. Delfino jamais vira padre Estêvão rezar daquela maneira, com aquela cara de estampa de santo.

Ficou com raiva de ter vindo ali, de ter metido o nariz no isolamento do padre, e sentiu ao mesmo tempo uma impaciência, quase uma ponta de cólera que não sabia bem o que fosse. Já ia saindo de esguelha, preocupado em não despertar padre Estêvão do seu êxtase, quando este deixou cair o rosto nas mãos, como se nelas fosse dissolver materialmente aquela fixidez quase inumana. Quando seu rosto se levantou estava molhado de lágrimas. Viu Delfino parar, indeciso, surpreendido, e sorriu para ele, dizendo como que a título de explicação:

— É bela a face de Deus, meu filho.

E aquele princípio de aflição e de raiva que Delfino tinha sentido transformou-se logo em medo. Havia sem dúvida uma transformação enorme em padre Estêvão. "Ah, Senhor", pensou Delfino, "que novo abismo é esse que se abre debaixo dos meus pés? Por que essa nova cilada na série de ciladas armadas no caminho de um homem tão fraco, de uma criatura tão ordinária, de um mero Delfino Montiel? Pois então ele podia agora pegar um velho padre que aquecia sua velhice ao fogo de uma visão e dizer-lhe brutalmente: 'Olhe, o Senhor Morto que o senhor viu não era Senhor nenhum, era só eu.' Podia? Podia transformar o mistério terrível e belo da visão numa chalaça? Como se Deus, por intermédio de Delfino, tivesse querido pregar uma peça no seu velho servidor? Porque agora estava certo de que padre Estêvão não o vira, antes aceitara a visão, pura e simplesmente. É verdade que não dissera nada a ninguém. Mas isto apenas provava como guardava bem no fundo do peito aquele segredo jubiloso."

— Então, meu filho, deseja alguma coisa?

— Não, padre, eu...

— Ou está, como todo mundo na cidade, querendo saber como voltou Nossa Senhora da Conceição e como se foi d. Emerenciana?...

Padre Estêvão falava num tom também diferente, alegre, com uma ponta de malícia.

— Muitas coisas aconteceram mesmo, não é, padre Estêvão? — balbuciou Delfino.

— Muitas coisas acontecem o tempo todo. Nós é que só de quando em quando as percebemos.

— É, isto é — disse Delfino sem nada melhor para dizer. — Mas eu... eu passei para ver como o senhor estava.

— Pois eu pensei — disse padre Estêvão, ameaçando-o com o indicador — que vinha combinar a sua confissão.

— Ah, isto eu resolvo a qualquer momento, padre Estêvão. Apareço lá na igreja, e pronto. Agora vim só saber... O Raimundo me falou que o senhor estava fatigado e eu pensei que talvez pudesse ser de serviço.

— Não, não, obrigado, Delfino. Naturalmente que com a saída daquele pelintra do Pedro fiquei meio sobrecarregado. Mas foi só.

— Bem, padre, eu vou chegando. Se quiser alguma coisa, já sabe...

Delfino saiu e foi andando em direção à sua loja com a alma cheia de fel. Mar, pela manhã, não lhe tinha perguntado nada, não lhe dissera nada. Transcorrera normalmente a rotina do café, de lavar e vestir as crianças, de lhe servir, como sempre, a xícara grande de café puro com o pão torrado e o copo de água para beber em seguida. E até mesmo, na frente das crianças, Marta falara num tom que a todos parecia o de sempre: "Quer mais um golinho de café, bem?" "Ih, o pão pegou um pouco, ficou torrado demais. Raspe com a faca, meu bem." Mas todas aquelas palavras estavam mortas por dentro e, sobretudo, estavam mortos os gestos de Mar dirigidos a ele. Dentro de cada palavra e de cada gesto dela apagara-se a luz de sempre: estavam opacos. Era como se ela fingisse que Delfino estava ali, sabendo que não estava. E mal haviam saído as crianças para brincar, era como se ele realmente não existisse. Antes de sair para ir à igreja ele tinha se aproximado de Mar, como sempre fazia, para que se beijassem antes. Ela não tinha levantado o rosto. Seu beijo tinha sido dado nos cabelos de Mar.

— Eu vou à igreja, Mar, falar com padre Estêvão.

— É bom saber quando se enterra d. Emerenciana — tinha sido a resposta, fria e cortante.

— Mar, eu sei como você está me detestando — disse Delfino, fazendo um grande esforço para a voz não lhe sair trêmula. — Juro por tudo quanto há de mais sagrado neste mundo que eu vou expiar os meus pecados.

— Você não pode jurar pelo que há de mais sagrado porque você acaba de zombar de tudo que há de mais sagrado. Com que você pensa que a gente lava pecado como esse de se meter no esquife do Senhor? Hem? Responda! Com quê? Com alguma penitência de três ave-marias e três padre-nossos?

A dureza de Marta era o fim de tudo para Delfino. Ele sabia que rocha dura havia por baixo das algas e das espumas.

— Mar...

Delfino tentou segurar-lhe a mão, mas Marta retirou-a brusca, brutalmente quase:

— Você me dá nojo, Delfino, nojo! Sabe o que é nojo? Se você estivesse agonizando aos meus pés, eu ia pedir a um vizinho para socorrer você, eu fazia qualquer coisa para não precisar tocar em você!

Era evidente, pelas faces em fogo e pelas olheiras negras, que Mar passara a noite ruminando o que ouvira na véspera e que tinha confirmado — com violência — a atitude da noite anterior. E Delfino, ouvindo-a falar pela primeira vez em sua vida com tanta veemência e tanto ódio, sentia que o que se abatia sobre sua cabeça de pecador era a ira do Pai de Deus, não do seu Deus, o Jesus dos Evangelhos. A ira do Pai, aquele a quem Abraão ia sacrificar Isaac, seu filho, com uma faca afiada. Delfino se colocara fora da jurisdição da Nova Aliança. Seu horrível pecado contra o Filho, em cujo leito de agonia e morte se metera, ia ser punido pelo Pai, o velho e terrível Deus de barba hirsuta que vivia trovejando nas páginas da História Sagrada.

Agora ele voltava da conversa com padre Estêvão como se fosse tangido pelo Deus antigo, que só depois de muito e muito tempo tinha mandado Seu Filho ao mundo, e que disto se arrependera amargamente. O Filho tinha voltado morto e torturado, mãos e pés furados, o cabelo empastado de sangue, o corpo inteiro cortado de vara e de açoites. E ele, Delfino, tinha conspurcado o caixão desse Filho, já tão padecido e escarnecido!

Joselito estava tomando conta da loja quando Delfino lá chegou e, para não ter de falar com ninguém, para não precisar dizer bom-dia a ninguém, Delfino barafustou por sua própria escada. Mar provavelmente não queria vê-lo. Ele podia descansar um pouco, botar a cabeça no travesseiro, deixar talvez alguns minutos correrem sem pensar, sem saber de nada, sem imaginar nada, respirando só. Mas não. Lá estava a nova Mar, faces encovadas, acesas as maçãs do rosto. A Mar que lhe pedia contas.

O instrumento escolhido pelo Deus velho para punir seu sacrilégio.

— Então, arrumou a sua penitenciazinha?

— Não... Não me confessei, Mar. Não pude.

— Eu não esperava outra coisa da tua grande coragem.

— Pelo amor de Deus, Mar, não me trate assim na hora pior da minha vida! — exclamou Delfino. — Não pude, não pude falar com padre Estêvão. Ele acreditou...

Delfino engoliu em seco, na sua garganta seca, pois quase tinha dito "ele acreditou em mim". Fitou os olhos insones de Marta com seus olhos de noite em claro e prosseguiu:

— Ele acreditou que tinha tido uma visão, Marta. Não pude dizer a ele que tinha sido eu, escondido no esquife...

Marta ficou um instante sem responder nada, como tentando entender o que ouvira. Depois, falou fria e cruel:

— Ah, sim, o pobre padre Estêvão precisou da sua pantomima para acreditar em Deus. Agora, de pena do padre, você está resolvido a deixar tudo como está. Alguém podia achar que você está roído de orgulho, mas não é isso, não. Você está roído é de covardia. Você é um poltrão de marca maior, só isto.

Delfino ia responder, tentar defender-se, mas Marta estendeu de novo as duas mãos geladas — ele as sentia geladas de longe, geladas como na véspera — e continuou:

— Delfino, eu vou para o Rio com as crianças. Pensei que pudesse cumprir o meu dever de esposa ficando aqui, embora separada de você, mas vejo que é impossível.

— Eu vou voltar a padre Estêvão, Marta, eu...

— Não, é inútil. Vou-me embora amanhã.

Marta entrou no quarto, batendo a porta, e virou a chave na fechadura.

2

Delfino desceu à loja desorientado. Tinha de fazer alguma coisa rapidamente, alguma coisa para não enlouquecer, a primeira coisa que pudesse fazer para não enlouquecer. O menino Joselito lhe deu o programa imediato.

— Seu Delfino — disse ele quando viu o patrão entrar na loja —, o menino do hotel já veio aqui uma porção de vezes com um recado de seu Adriano.

— Qual foi o recado?

— Quer ver o senhor imediatamente.

— Só isso?

— Só, sim senhor. Mas logo que abriu a loja ele veio e voltou mais duas vezes. Ah... e chegou essa encomenda do seu Crissiúma.

No balcão estava o crucifixo encomendado por d. Emerenciana. Delfino olhou com um arrepio a imagem do Filho de Deus pregado na cruz, do Filho de Deus encomendado pela mulher que ele fizera morrer e que se destinava ao padre que ele talvez matasse quando lhe contasse tudo o que tinha a contar.

Mas estava disposto a agir. Cegamente. Por uma vez não ia calcular nada. Ia somente agir. Foi ao cofre, tirou de lá o maço dos 200 contos e a miniatura do santuário atribuída ao Aleijadinho. Embrulhou-a e recomendou a Joselito que não saísse da loja. Ele ia ao turco Jamil e depois ao hotel do seu Adriano.

Quando avistou Delfino, Jamil franziu os sobrolhos. Parecia que o rival vinha à sua loja... Não, provavelmente ia parar ali no Israel ou talvez na mobiliária em frente. Viu, afinal, que a visita era para ele mesmo. Há muito tempo que o Delfino não vinha tentar ali nenhuma transação. Jamil precisava tomar cuidado. Ficar de pé atrás.

— Seu Jamil, bom dia — disse Delfino.

— Bons olhos o vejam, meu caro amigo, e bons ventos o tragam. Eu...

— São muito bons os ventos que me trazem, seu Jamil.

— Bons para o senhor.

— Não, para o senhor. Veja o que lhe trago. O sonho da sua vida.

E Delfino colocou sobre o balcão, já desembrulhada, a miniatura. Seu Jamil olhou com a cobiça e o amor de sempre a joia da loja de Delfino, a peça que dava ao negócio do rival o melhor do seu ar tradicional e superior. Que diabo quereria o Delfino trazendo aquilo à sua loja?

— Muito bonito — disse Jamil, afetando calma e indiferença.

— Eu estou precisando de 50 contos com a maior urgência — disse Delfino.

— Cinquenta contos! — disse o outro, assobiando fino. — Um dinheirão, seu Delfino, uma fortuna. Olhe, ainda outro dia...

— Escute, seu Jamil, o senhor já me ofereceu 30 pela miniatura, e isto quando 30 contos era dinheiro.

— É, mas perdi o interesse, e desde então...

— Não perdeu nada, seu Jamil — disse Delfino, recusando a esgrima da barganha. — Escute, me arranje os 50 contos já e fechamos negócio. Eu lhe cedo a miniatura pelos mesmos 30 contos de há não sei quantos anos e em troca o senhor me empresta os 20 contos restantes, com juros, até o fim da semana que vem.

— Mas escute, os juros...

— Não me importam os juros. Pago o juro que quiser.

— Cinquenta contos assim de manhã, sem mais nem menos?

— Sem mais nem menos! Arranje o dinheiro, botamos tudo isto no papel e guarde a miniatura pelos 30 contos. O senhor sabe muito bem que isto hoje vale quase o dobro.

— Ora, qual o quê, seu Delfino! E eu queria...

— Queria nada, seu Jamil. Nem com meu filho eu podia fazer negócio pior para mim.

Jamil ainda queria pensar, ver se não havia truque na proposta, mas finalmente deu de ombros. A fama de Delfino era perfeita em matéria de honestidade. O negócio ia para o papel. Ora, que fosse como Delfino queria!

Terminada a operação, Delfino meteu os 50 contos no bolso em que já pusera os 200 e tocou para o hotel de seu Juca Vilanova e Adriano. Este o esperava, como da outra vez, e como da outra vez quis lhe falar antes, mas Delfino não queria parar, sabia que não devia parar.

— Vamos logo falar com teu patrão, Adriano. Para que perder tempo?

— Mas você também me deve uma explicação, meu caro. Nosso trato não foi cumprido...

— Vá à m... com o nosso trato. Vamos logo falar com o seu dono, anda!

E diante de um Adriano boquiaberto, Delfino enfiou pelo corredor e meteu a mão diretamente na última porta. Seu Juca Vilanova, de sobretudo, cobertor de vicunha nas pernas, pele nos ombros e um lenço de alcobaça no pescoço, jogava xadrez sozinho. Voltou-se para a porta com um sobressalto.

— Oh...

Adriano, que entrou logo em seguida, apressou-se em dizer alguma coisa à guisa de desculpa.

— O nosso Fininho parece meio violento hoje.

— Pelo amor de Deus... Eu... Não me faça uma cena... Minha asma... — começou seu Juca Vilanova.

— Eu já ia dizendo a ele, seu Juca — interpôs Adriano —, que nós o convocamos para uma explicação. Afinal de contas, ele desapareceu...

— Sim, meu filho... Você... ontem de noite...

Vendo a cara de Delfino, sua expressão estranha e desafiadora, seu Juca Vilanova começou a piorar da asma. Ou entregou-se a ela, esperando que Delfino mudasse de atitude e começasse a se explicar, a dizer alguma coisa sensata. Delfino, impassível, deixou que o abalo sísmico se processasse sem interferências e se espraiasse num longo acesso de tosse final. Viu Adriano, ostensivamente, levar a mão ao cinto e segurar o cabo de um revólver, viu seu Juca, quando o acesso de tosse se abrandava, fitá-lo com olhos de onça que se enfurece, olhos cheios de fagulhas amarelas... Seu Juca Vilanova se levantou num repelão e avançou para Delfino:

— E a estátua, seu cachorro? — berrou-lhe na cara.

Delfino empurrou o homem com as duas mãos, mãos geladas de raiva, como as de Mar. Seu Juca Vilanova caiu sentado na mesinha, por cima do tabuleiro de xadrez, partiu-a e caiu no chão com estrépito. Depois Delfino limpou as mãos na perna das calças e berrou de volta:

— Seu porco, porco! Você me dá nojo, sabe o que é nojo?

Enfiou a mão no bolso da calça.

— Me acuda, Adriano! — gritou seu Juca Vilanova.

Delfino tirou o maço dos 200 contos e atirou-o como uma pedra na cara de seu Juca. Adriano tinha sacado o revólver do cinto e puxado o cão para trás, pensando que Delfino fosse tirar uma arma também. O maço de notas estalou na cara de seu Juca Vilanova e se desmanchou pelo chão, entre os peões e os reis do xadrez. Delfino puxou o outro maço, o dos 50 contos, e o atirou à cara de Adriano.

— Agora estamos quites.

E esperou um instante. Adriano baixou o revólver. Seu Juca, os estranhos bigodes caídos pelo queixo abaixo, ofegava no chão, rodeado de cédulas e peças de xadrez. Delfino continuou:

— Estamos quites e não quero ver mais nenhum dos dois. Façam o que entenderem. Tragam o sacristão de volta, se lhes dá gosto. Vão à polícia, se quiserem. Só me dão nojo, nojo!

E, antes de sair batendo com a porta, Delfino cuspiu, cuspiu duas vezes em cima de seu Juca Vilanova.

Faltava-lhe ainda o mais difícil. Mas o que tinha de fazer ia ser feito. Saiu diretamente para a casa de padre Estêvão.

3

O padre exultou quando viu Delfino novamente em sua casa. Agora era a confissão. "Oh, Deus", pensou, "quantas graças a um só tempo". Porque a alma de padre Estêvão estava plena de Deus, infusa em Deus como uma azeitona em seu azeite, uma esponja na água de sua gruta submarina. Agora, antes de partir, o Senhor lhe mandava ainda aquela ovelha para que ele ao ir embora a deixasse de novo nos pastos da tranquilidade, nos sumarentos capinzais, mesas da Ceia postas ao ar livre, em que se serve em talo e folha o sangue verde do Pastor. Padre Estêvão tinha visto muitos casos daqueles, de meninos educados na religião e que, aos embates da vida, se ressentiam ou inchavam de orgulho masculino, achando que Deus os estava deixando de lado ou que podiam pôr Deus a um lado. Então, sem se poderem livrar inteiramente da marca de ferro em brasa que lhes havia estampado no couro a propriedade do Pastor, guardavam uma atitude vagamente agnóstica, panteísta, livre-pensadora, mas sempre com uma medalhinha ou escapulário pendurado no pescoço ou escondido na carteira, caso se fizessem necessários numa emergência. Um belo dia reapareciam. Não tinham ficado estatelados e cegos na estrada de Damasco. Nenhum anjo de Deus disparara das nuvens em irado piquete para sacudi-los pelos ombros. Não. A levíssima erosão de uns poucos anos bastara para lavar-lhes da rocha da fé caseira e dura aquelas plantas de enfeite com suas raízes desconsoladamente espalmadas na pedra, agarradas por fibrilas aéreas. Não chegavam a ser filhos pródigos, não traziam na boca o rito que fica dos grandes travos ou nos olhos o desvario que é como a sombra deixada pelas alucinações. Não vinham esfarrapados, poentos, barba revolta. Não regressavam de um mergulho profundo na noite. Tinham andado perdidos no quintal, roubando frutas do vizinho, matando passarinhos, olhando as pernas da mulher do próximo quando se curva no tanque lavando roupa. Mas voltavam. E afinal de contas um pastor não pode ter todos os dias a rara alegria de ver retornarem os animais audazes que desaparecem para a torva boêmia dos matagais e só voltam riscados de espinho, cortados de cipó, doentes de mato ruim. Uma ovelhinha malandra e sonsa também tem seu valor. E Deus pede contas de cada floco de lã de cada bicho do mundo.

Como tantos outros, Delfino, sem dúvida, ia falar nos pecados de preguiça, de luxúria, de má-fé, e finalmente, com uma ingênua importância, diria por que não se confessava há tanto tempo: seria "a revolta quando morreu minha mãe", ou "a perda da fé quando meu filhinho teve pneumonia", ou "a leitura de um livro que prova, padre, que o mundo não foi feito em seis dias".

— Então, meu filho — disse o padre quando se sentou com Delfino em sua saleta de jantar —, quando vamos confessá-lo?

— Eu preferia conversar com o senhor primeiro, de homem para homem.

"Que vai sair daí, meu Deus?", murmurou consigo mesmo padre Estêvão, "serão as descobertas da geologia que ele quer discutir ou a história dos macacos daquele cacete daquele inglês?" Mas o que saiu da boca de Delfino realmente o surpreendeu:

— Escute, padre Estêvão, eu tenho na loja um crucifixo de pedra-sabão que d. Emerenciana mandou fazer para lhe dar de presente de aniversário, mas...

— Era uma boa alma, d. Emerenciana — observou o padre, para dizer alguma coisa.

— Mas escute, padre Estêvão, eu não trouxe o crucifixo por medo, remorso, sei lá. Eu matei d. Emerenciana, padre Estêvão.

— Que loucura é essa que você está dizendo, meu filho? Eu vi quando a pobre senhora tombou, eu mesmo acorri, eu mesmo vi o médico pronunciá-la morta depois. Que ideia é essa, Delfino?

— Ela morreu de choque, de susto, não foi?...

Padre Estêvão fitou Delfino em silêncio e não respondeu nada. Delfino andou até a janela, debruçou-se um instante, olhando as plantas, ganhando tempo, viu lá para o fundo do quintal o carrinho de mão, voltou à sua cadeira:

— Padre Estêvão — disse ele —, há treze anos, por interesse, por dinheiro, eu furtei da capela dos Milagres a Nossa Senhora da Conceição que agora voltou ao santuário...

— Sim, meu filho — disse o padre, inescrutável.

— Eu a levei de volta, não por virtude, porque tivesse roubado a imagem dos ladrões para entregá-la de novo, mas porque ia efetuar novo roubo para eles. Mas isso tudo eu lhe conto no confessionário. O que eu queria dizer antes... — E aqui Delfino se deteve de novo.

— Sim, meu filho, diga.

— Eu fiquei trancado na igreja, padre Estêvão, e não tive coragem de nada a não ser me esconder. Me escondi no esquife do Senhor. Fui carregado em procissão. Depois, tenho certeza de que dei um choque em d. Emerenciana...

Delfino tinha dito tudo isso sem olhar padre Estêvão, abominando-se talvez mais naquele instante do que jamais. Como o padre não falasse logo, Delfino levantou os olhos para ele, temendo ver uma cara desfeita, um homem derrotado, um espectro. Viu com surpresa a mesma cara meio maliciosa do padre naquela mesma manhã. Mas as palavras de padre Estêvão vieram severas.

— D. Emerenciana tinha um coração muito fraco, sem dúvida, mas é provável que você tenha apressado a sua morte. Isto para se ocultar. E para se ocultar você fugiu do confessionário treze anos! Por que treze anos, Delfino? Você tramou durante tanto tempo um outro roubo?

— Não! — protestou Delfino, ofendido. — Eu não sabia como... como lhe contar o que tinha feito, padre Estêvão. E eles... os que me pagaram, voltaram e me propuseram o outro roubo... Aí já me tinham nas mãos... O Pedro Sacristão tinha uma ideia do outro roubo e eles o forçaram a partir.

— Vamos ter uma longa história a ouvir. Uma história de como o respeito humano leva ao desrespeito a Deus, de como um homem, para esconder suas feridas vergonhosas dos outros homens, expõe-se como uma chaga de iniquidade ao Criador de todos os homens. Para não se confessar a mim, que sou também um pecador, você fechou sua alma ao Senhor.

Padre Estêvão balançou a cabeça.

— Que importância têm os homens — prosseguiu —, que importância tenho eu, simples ferramenta do Senhor que sou?

— Padre Estêvão — disse Delfino, agitado —, eu devo mesmo assim lhe pedir perdão, eu sei que quando saí do esquife...

Padre Estêvão deteve Delfino.

— Deus escreve direito por linhas tortas, meu filho. Quando você se moveu no santo esquife eu curvei a cabeça um instante, assombrado, minha fé, tão velha e fatigada, e minha razão, tão suja e tão enferrujada, a travarem um combate que eu não me incomodo de dizer a você que foi grotesco. Quando levantei a cabeça para socorrer d. Emerenciana e vislumbrei alguém que saía sorrateiro do esquife senti, sim, um abalo, porque a fé estava ganhando da razão e eu já aceitava como visão o que um homem fazia em estado de profanação e sacrilégio...

— Perdão, perdão — murmurou Delfino.

— Mas ouça o resto, acompanhe a linha torta, Delfino. Quando levaram o corpo de d. Emerenciana e mandei retirar todos da igreja e a fechei fui lá inspecionar o esquife. A desarrumação de tudo confirmava o que eu divisara. Alguém tinha se ocultado ali e repusera depois no esquife a efígie do Senhor. Desci, melancólico e fatigado, os degraus do altar, me ajoelhei um instante, como sempre, para fazer o sinal da cruz antes de sair pela sacristia, quando então aconteceu. Ouvi o súbito clamor da voz que dizia: "Estêvão, Estêvão, tua fé renasce um instante quando um homem se finge de Deus morto. Que fizeste em tua vida inteira de teu Deus vivo?" Então, sim, Delfino, então deixei cair minha cabeça nos degraus do altar e adorei Deus como deviam ter feito os primeiros cristãos, aqueles que contemplaram na face das águas o sulco deixado pela batida do Seu remo. Velho, velho e gasto por uma vida inútil como tem sido a minha, eu senti ali a juventude curtida de sol e de sal dos Tiagos e dos Simãos que o Senhor pôs no seu barco como os primeiros entre os seus peixes. Tomei ali partido como um jovem.

Padre Estêvão fez uma pausa na sua alegre fala e pareceu interromper seu próprio assunto:

— Para onde foi o nosso Pedro?

— O sacristão?

— Sim.

— Para Itacoatiara.

— Ah, isto mesmo, ele me disse. Eu tinha certeza de que era no Amazonas. É mesmo à beira do rio, não?

— Creio que sim — disse Delfino, sem entender bem o porquê daquelas indagações.

— E é sem dúvida antes de Manaus, do rio Negro, para onde vou eu. Posso ir visitar o Pedro em Itacoatiara. Entrego em mão o dinheiro que fiquei devendo a ele.

— O senhor vai para o rio Negro?...

— Vou realizar o plano de toda uma vida, Delfino. Vê você? Eu é que estou me confessando a você, para lhe mostrar como é fascinante seguir as linhas da escrita do Senhor. Vou para uma missão salesiana que catequiza índios. Eles me usarão no que for possível, mas tenho certeza de que me aceitam. Pode ser meio estranha — continuou padre Estêvão, tagarela — a ideia de ir a gente para a selva da Amazônia com planos de se transformar em herói de alguma espécie quando se sabe que o mais certo é a gente virar ajudante de copa, digamos, e levar xícaras e gamelas, ou, no máximo, pescar, não homens, e sim tambaquis no rio. Mas sempre há de haver uma oportunidade de cozinheiro numa expedição de verdade ou necessidade de levar numa sortida perigosa um padre velho e sem uso definido mas que possa absolver num instante de morte os pecados leves de algum herói de verdade.

Padre Estêvão olhou em torno de si, como se temesse que alguma beata pudesse ouvi-lo, e disse:

— A verdade, meu filho, é que eu saio à aventura, vou servir a Deus na estrada. Chega de carolices.

— Mas me confesse antes, padre Estêvão, veja o que pode fazer por mim. Minha mulher vai me abandonar...

— D. Marta?... Não é possível!

Só agora padre Estêvão compreendia, vendo a cara agoniada e infeliz de Delfino, como estava sendo egoísta ao falar apenas em seus planos e na revelação que tivera. Ali estava uma das ovelhas pedindo curativo em pata machucada e o pastor de copo de chifre na mão a entornar vinho roxo pela goela e pela barba.

— Sim, vai me abandonar, padre. E Marta não é mulher de falar à toa. Eu contei tudo a ela depois da procissão, e ela ficou com asco de mim.

— Mas então quer dizer, meu filho, que sua mulher, ela própria, não sabia de nada, nada?

— Nada, nada.

— Também dela você tinha vergonha, também dela você se ocultou?

— Padre Estêvão — disse Delfino num desespero —, eu não tenho jeito. Não tenho conserto. O senhor vive falando que Deus escreve direito por linhas tortas...

— Veja como é verdade — disse o padre quase voltando ao seu assunto, ao assunto que o fascinava. — Tudo indica que com as linhas tortas do seu procedimento d. Emerenciana tenha tido uma boa morte e que eu ainda venha a ter uma vida boa, veja!

— Eu sei, eu sei, mas... e eu, eu, padre Estêvão? — perguntou Delfino num desespero. — Eu sou a linha torta, sou a própria linha torta, torta de nascença, torta como o que é torto, errado, que não se endireita... Que é que eu vou fazer sem minha mulher, sem filhos, sem nada?...

Delfino enterrou o rosto nas mãos. Padre Estêvão se levantou da cadeira, foi à porta da saleta. Estava bem mais machucada do que ele imaginava aquela ovelha e não era fácil descobrir como endireitar-lhe a vida... Delfino carregava a sua cruz, e todos temos a nossa, mas a dele parecia pesada demais para o homem... Que fazer? Ao alcance da sua vista erguia-se o santuário eriçado de profetas, e agora, que ia deixá-lo, padre Estêvão como que o descobrira outra vez, via-o de novo com ternura, em sua severidade branca, com seu adro de profetas dolorosos que tinham vindo ao mundo para adivinhar a vinda do Messias. Eram nobres e duras as caras dos que tinham vivido de olhos doendo de buscar no horizonte a sombra d'Aquele que viria. Não eram doces e ingênuas como as dos apóstolos do cedro pintado, pois esses tinham os olhos fartos do banquete da convivência, das bodas da presença viva. Padre Estêvão sabia que sentiria saudade daqueles profetas que reluziam ao sol como jade. Deles se despedia e a eles pedia o remédio, ainda que amargo, para dar à sua ovelha Montiel. Dos profetas, seu olhar foi levado ao oitão onde estava a cruz que Feliciano Mendes durante anos movera pelas estradas do ouro e do diamante exatamente para angariar dinheiro e construir o santuário. Estranho homem devia ter sido aquele Feliciano, preso à sua cruz entre aventureiros xucros e cegos pelo desejo de ouro, entre os espadachins, as rameiras, os escravos, todos em busca de ouro, de pedras e de pão, e o homem estranho a carregar a cruz e a pedir esmola... Padre Estêvão viu num lampejo a penitência:

— Meu filho — disse ele —, depois vamos à igreja ouvir a sua confissão, com os pormenores. Mas como penitência você vai tirar da parede a cruz de Feliciano Mendes, que há duzentos anos se expõe ali à curiosidade dos visitantes, e vai levá-la por Congonhas do Campo em fora, subir e descer as nossas ladeiras, passar pelos Passos da Cruz e trazê-la de volta à sua parede para outro repouso talvez de dois séculos.

Delfino tinha ouvido o padre de boca aberta. Parecia que um mau eco do passado enchia aquela saleta tão simples e tão pura. Lembrava-se da voz a um tempo untuosa e estridente do sacristão sugerindo-lhe que carregasse a cruz de Feliciano Mendes. Padre Estêvão devia estar brincando. Para que havia ele de se cobrir de ridículo saindo pela rua com aquela imensa cruz nas costas?...

— Mas, padre Estêvão... Eu não me incomodo que se riam de mim, ou até que me joguem pedras na rua... Podem me bater de chicote, como bateram em Nosso Senhor, se eu sair de cruz nas costas... Mas... o que é que isto adianta?

— Você se incomoda, sim, Delfino. Sua vida tem sido um longo ato de respeito pela opinião dos outros. Se o meu pecado tem sido a preguiça e sua irmãzinha dileta a procrastinação, o seu, Delfino, tem sido esse recato, essa tibieza, como se a estrada da vida estivesse para você calçada de ovos. Vá, meu filho, vá e arroste todo o mundo com a sua cruz e a sua fé. Vá. Não podendo impelir você a nada — porque você, se não tem amado o próximo, tem ficado sempre de olho nele —, Deus até agora só pôde usar você como linha torta para escrever a história dos outros. Vá e comece a viver a vida que é a sua.

— Mas, padre Estêvão, eu... eu acho que não tenho coragem!

E o padre, colérico, enfurecido como Mar, trovejou:

— Ah, compreendo, vejo agora como treme a sua alminha! Você teve a coragem ímpia e desvairada de se meter no esquife do Senhor, mas tem vergonha de carregar à luz do sol a cruz do Senhor! Um Deus inocente pôde ser humilhado em público, mas você é bom demais para carregar a cruz de Feliciano Mendes! Vá, vá despregar aquela cruz e dar uma lição a essa alminha de colegial. Vamos! Saia!

4

Delfino se levantou da cadeira com a morte na alma e sentindo os pés como feitos de chumbo. Saiu sem olhar o padre e foi andando para o santuário. Podia pelo menos ter posto a camisa branca que usava aos domingos em vez de botar aquela já tão sovada. Ia andando, andando para o santuário com seus pés de chumbo, e estranhas perguntas lhe vinham à mente, mesmo as técnicas. Como se carrega uma cruz? A haste vertical no meio das costas e as duas pontas horizontais seguras pelas mãos? Não, seguramente que não. Se se lembrava bem dos quadros da via-sacra e dos Passos das capelas, os dois braços de Cristo seguravam uma das pontas horizontais da cruz. Não. O ombro era colocado na interseção das duas hastes, uma das mãos na trave vertical, parte superior, a outra na ponta da trave horizontal, para equilibrar... Senhor!... Como é imensa a cruz de Feliciano Mendes! Como era possível, Deus do céu, alguém carregar tal imensidade, transportar aquela árvore inteira. Impossível que se pudesse levar aquilo nas costas. Uma arte esquecida, o carregamento de cruzes. Mas agora era tarde. A penitência lhe parecia hediondamente inútil, mas seu pecado tinha sido tão grande que provavelmente só o que mais lhe chocasse e repugnasse serviria para tirar as manchas terríveis que pusera em sua própria alma. Ah, penitência bastante já era o nojo de Marta, o asco de Marta, a náusea de Marta, o abandono de Marta, em quem ele nunca mais tocaria, nunca mais, e quando o sal se dessalga nada há que o ressalgue! Delfino desprendeu da parede a cruz ali colocada como relíquia e, cauteloso, arriou-a e arrastou-a até ao adro do santuário. Já lhe parecia ver, numa janela do hotel, entre as capelas, na rua à esquerda, pessoas pasmadas que se indagavam, sem dúvida, que fazia ele abraçado ao lenho de Feliciano Mendes. Delfino apoiou a cruz no profeta Joel enquanto tirava a gravata e desabotoava o colarinho da camisa azul. O paletó não tirava, pois sempre tinha um pouco de enchimento e ele ia precisar de todo o enchimento possível para não machucar os ombros. Mas aqui teve um estremecimento. Precisava conduzir sua própria penitência num espírito de remorso e de sofrimento. Senão, aí mesmo é que era pura perda. Tirou o paletó e o colocou no parapeito da escada, mas suspirando de desânimo. "É verdade", disse a si mesmo, enquanto descia o último lance dos degraus do santuário, passando entre Isaías e Jeremias, "que se essa gente soubesse que ontem me levou em procissão no esquife do Senhor Morto talvez achasse justa a ideia de padre Estêvão. Uma coisa é certa: todos estariam prontos a me espancar e a me apedrejar e a cuspir em cima de mim, se soubessem. O que mostra que padre Estêvão tem lá suas razões. Mas eu?... Eu provavelmente carrego esta cruz para baixo e depois trago-a de volta para cima e depois regresso a uma casa donde Mar vai embora, sem me modificar em nada, de alma negra como sempre, porque o que interessa não é carregar uma cruz para baixo e para cima, é aceitar de bom grado a humilhação da penitência, e eu não consigo entender por que..."

Da esquerda, da padaria do Jonjoca Manso, na rua do Aleijadinho, já virando 28 de Dezembro, veio um primeiro grito esganiçado, de homem fingindo de mulher:

— Tão pequenino com uma cruz tão grande! Que é que deu em você, Fininho?

Três garotos que já seguiam Delfino de olhos esbugalhados entenderam que a galhofa podia começar. Começaram a marchar em torno dele e a dizer em ritmo de tambor:

Tão — pequeni-no — com uma cruz — tão grande!
Tão — pequeni-no — com uma cruz — tão grande!

E finalmente, mais rápidos e mais alegres:

Tão pequenino cuma cruz tão grande
Tão pequenino cuma cruz tão grande...

E foram marchando na frente de Delfino, uma espécie de batedores, enquanto a frente da padaria de Jonjoca e do botequim da Flor do Tejo se enchia de homens que estouravam de rir:

— Isto é Sábado de Aleluia, ó Fininho, não é mais Sexta-feira Santa, não. Guarda a cruz para o ano que vem!...

Curioso, pensou Delfino, como os poucos passos que dera debaixo da cruz tinham feito voltar seu apelido aos lábios daquela gente. Durante anos e anos ele se esforçara por se livrar de Fininho, e tinha conseguido. Só mesmo um camarada como Adriano, que se afastara de Congonhas há tanto tempo, é que ainda usava o velho apelido. Agora via que ninguém esquecera. Delfino ainda não estava muito curvado sob a cruz. Mesmo porque, pensou ele, para baixo todos os santos ajudam. A volta, ladeira acima, quando ele subisse da matriz pela João Pio para cortar a Maranhão e subir pela Bom Jesus rumo aos Passos da Cruz, a volta, sim, é que ia ser dura. Por enquanto bastava uma inclinação não muito pronunciada do corpo, uma das mãos na interseção das hastes, a outra numa trave horizontal e a cruz arrastando no chão. No calçamento de pedra fazia um barulho muito desagradável, mas na terra batida não era lá tão ruim.

Ah, mas uma coisa ele não ia fazer: passar pela sua própria casa. Como é que podia evitá-la, tão no centro comercial e na sua rota?... Delfino estava vendo se resolvia o problema sem parar em sua marcha, anunciada aos quatro ventos pelo zabumba dos meninos, que já eram mais numerosos, quando viu seus dois filhos mais velhos encostados no muro, varados de espanto, a fitá-lo. Delfino baixou a cabeça, sentindo uma imensa vergonha, uma tristeza enorme. Depois o sangue lhe ferveu nas veias, impetuoso, e um assomo de raiva veio lá de baixo, lá do estômago, e lhe inundou a cabeça. Quase que jogou ali mesmo a cruz e foi correndo aos meninos para lhes dizer que aquilo era uma brincadeira de mau gosto de padre Estêvão, que estava representando aquele papel ridículo só para fazer a vontade de um padre velho e caduco, mas ouviu a voz de padre Estêvão: "Você tem a coragem de se meter no esquife do Senhor, mas tem vergonha de carregar a cruz do Senhor!" Os dois meninos o viam vir possuídos do maior assombro, encostados ao muro como se nele quisessem abrir um buraco e desaparecer. Delfino quis fazer-lhes um sinal amigável com a mão, dizer-lhes que tudo ia bem, que cumpria uma penitência, que ia almoçar em casa, mas só conseguiu pregar os olhos no chão e continuar descendo a ladeira, descendo a ladeira. Quando a molecada viu os dois meninos de Delfino, tentou envolvê-los e arrastá-los para dentro do bando do zé-pereira, mas os meninos, vencido o pasmo e percebendo a intenção dos outros, saíram correndo para casa, entraram e bateram a porta. Delfino passou pela casa sob o invencível temor de se avistar com Marta. Que faria se ela viesse à porta? Devia dizer-lhe que era uma penitência, gritar-lhe do meio da rua que estava carregando a cruz porque padre Estêvão tinha mandado? Mas isto não ia prejudicar a penitência? E ela não iria berrar, lá do sobrado: "Nojo! Nojo!", numa raiva, numa ânsia de quem quer vomitar? Mar provavelmente ia rir, com a face em fogo, um riso mau, e dizer com a sua voz nova, ressoante de desdém: "É assim que você pensa expiar um sacrilégio como o da procissão e a morte de uma pobre velha? É assim? Responda, vamos! Nojo! Nojo! Você só me dá nojo!" Oh, Senhor, que coisa mais absurda aquela! Se ele bem se lembrava da sua História Sagrada, nos tempos em que Deus foi crucificado essa história de se carregar uma cruz pelo meio da rua e ser crucificado no alto do morro era coisa comum, que podia acontecer a qualquer um, menos a um inocente e a um Deus, é claro. Mas agora? Então a gente podia passar pela porta da casa da gente, diante da mulher da gente, com uma cruz nas costas, sem dizer nada? Ou então dizendo "olá" ou uma coisa assim? Como é que podia ser isto, Senhor? Mas, para alívio seu, ninguém assomou à janela e nem a porta se abriu mais depois de entrarem os dois meninos. Quem, na loja, abriu uma boca desmesurada e depois, quando Delfino já tinha passado, se torceu numa risada imensa foi o Joselito.

Chegado, finalmente, à matriz, donde ia voltar ao santuário, Delfino atraiu ao séquito dos seus batedores outros meninos e mais gente se incorporou ao couce de sua procissão, formada principalmente de comerciantes e gente jovem. Sentia uma dor fulgurante no ombro esquerdo e resolveu passar a cruz para o outro. Mudava a cruz de posição quando ia passando pela frente da casa de um Jamil atônito, com medo que Delfino estivesse doido e que o documento de horas atrás não valesse nada. Foi aí que um primeiro fotógrafo se ajoelhou na frente de Delfino, máquina em punho, para fazer um retrato. Depois fez vários. E apareceram outros fotógrafos, como por milagre. A notícia de que um homem estava representando uma espécie de drama da Paixão em Congonhas, sozinho, atracado a uma cruz enorme, tinha chegado por telefone a Belo Horizonte e se espalhara. O curioso é que até ali os congonhenses tinham achado a ideia de Delfino uma maluquice ou uma besteira, não sabiam bem, mas o fato é que não lhes dera nenhuma indignação. Mas, quando chegou um avião com jornalistas e fotógrafos e quando começaram a tirar retratos e a tentar entrevistar Delfino sob a sua cruz, houve manifestações de cólera popular. Foi um movimento estranho. Ou acharam de repente que Delfino estava fazendo aquilo para arranjar cartaz ou que ele assim ridicularizava Congonhas, ou eram as duas coisas misturadas. O fato é que o Monteiro da farmácia, centurião da Procissão do Enterro e homem de cabelinho nas ventas, interpelou Delfino de repente, aos berros. Que significava aquilo? Que é que ele queria passeando no meio da rua com uma cruz? Não tinha vergonha, não? Não tinha mulher e filhos? O que ele queria era aquilo mesmo, não? Uma porção de fotógrafos a rodeá-lo e a lhe fazer perguntas? Delfino não respondeu nada, como nada estava respondendo aos repórteres, e o Monteiro, cabeça quente que era, lhe deu um empurrão. Não foi um empurrão muito forte, foi mais um empurrão de quem provoca outro a uma briga, mas Delfino, com a cruz nas costas, perdeu o equilíbrio e caiu. Apoiou-se nas duas mãos e a cruz veio atrás dele, batendo-lhe nas costas. Evidentemente não podia reagir, pois aí a coisa toda caía num ridículo total. Delfino levantou, sacudiu o pó dos joelhos, ergueu a cruz — como pesava agora, Senhor! — e continuou. O incidente valeu para lhe dar uma certa paz, pois os murmúrios da multidão toda foram contra o Monteiro, por causa da sua brutalidade. Mas ao mesmo tempo aumentou contra Delfino o escândalo das pessoas mais calmas e controladas. Sua queda fizera todos pensarem na verdadeira história da cruz e era intolerável comparar a doidice de Delfino com a Paixão de Deus Nosso Senhor Jesus Cristo.

— Por que não vai para o circo, hem? — berrou na cara de Delfino d. Dolores.

— E olhe que é a cruz de Feliciano Mendes — explicou o Monteiro, um tanto envergonhado do papel que fizera um momento antes.

— Oh, imaginem! A nossa cruz!

"Por que é que padre Estêvão não aparecia? Que diabo!", pensou Delfino. Ele podia pelo menos dizer que sabia que a cruz ia ser usada, se não quisesse dizer que aquilo era uma penitência que havia imposto a Delfino. O fato é que agora eram as mulheres a dar em cima dele, agora d. Dolores queria porque queria levar a cruz de volta ao oitão do santuário, com suas próprias mãos, dizia em altos brados. Delfino viu a cara afogueada e raivosa de d. Dolores perto da sua cara, enquanto a beata segurava a cruz para tirá-la dele. Delfino hesitou um instante. Lutar com d. Dolores pela cruz era o cúmulo, mas que fazer? Talvez se ele lhe sussurrasse que era penitência?... Mas a madama Bretas não gostou da iniciativa da outra, que parecia estar querendo demonstrar zelo maior:

— Por favor, minha querida amiga — disse ela a d. Dolores —, se um homem como seu Delfino, tão morigerado, faz o que está fazendo, é por necessidade da sua alma, não é assim mesmo, seu Delfino?

Delfino abaixou a cabeça e continuou a andar. Madama Bretas pareceu um tanto ofendida com Delfino, mas conseguira o que queria. Foi afastando a d. Dolores da cruz e daquela excelente ideia de reconduzir o lenho ao santuário.

Agora os dois ombros lhe doíam. Mesmo arrastando a cruz, subida era subida. Os fotógrafos lhe pediam que virasse a cabeça para cá, para lá, que fizesse "cara de nazareno". Os jornalistas lhe pediam que dissesse alguma coisa, e um, máquina de gravação em punho, chegou a ameaçá-lo em voz baixa, bem junto do ouvido:

— Se você não diz alguma coisa, eu lhe quebro a cara, com cruz e tudo, seu palhaço!

Como Delfino não respondesse nada, o outro lhe pisara duramente o pé. Delfino caiu de novo no chão e o rapaz, desconcertado, tinha posto a mala das gravações no chão e apanhado a cruz para ajudá-lo. Donde caíra, sentado,

Delfino já avistava a grama verde que circunda as capelas dos Passos e, lá em cima, o santuário do Senhor Bom Jesus de Matosinhos. Era o fim da sua jornada, mas era íngreme. Que ideia aquela de padre Estêvão! No momento de seu sacrilégio, metido no santo esquife do Senhor, ele, Delfino, não tinha escandalizado ninguém, não tinha sido suspeitado por ninguém. É verdade que encurtara a vida de d. Emerenciana com o choque, mas que ela era velha, era. Agora, ali estava toda a cidade de Congonhas do Campo entre risotas e ao mesmo tempo encabulada com a exibição, ali estava ele arrastando uma cruz como Jesus Cristo. Enquanto Delfino reunia suas forças para se levantar e abraçar novamente o lenho de Feliciano Mendes, a Manuela preta, doceira, fez o sinal da cruz olhando para ele e se ajoelhou. "Era o que faltava!", exclamou Delfino num pavor. Levantou-se rápido, segurou a cruz que lhe oferecia o rapaz das gravações e tratou de enfrentar a sua subida. Ninguém tinha reparado no gesto da Manuela, felizmente, e, de olhos postos na sua meta, o santuário, Delfino deu uns primeiros passos enérgicos rumo ao topo. Ah, mas como lhe doíam os dois ombros. Aliás sentia-os molhados, e só podia ser sangue. Olhou com o rabo do olho e viu, com um calafrio, que era sangue mesmo, já fazendo nódoa na camisa. E seus joelhos sangravam também, aparecendo na calça rota pelas pedras. "Oh, Senhor, Senhor!", gemeu Delfino, agora com pena de si mesmo, de seu ridículo, do inútil de tudo aquilo, do aborrecimento que seria sua vida naquele lugarejo depois de tamanha maluquice. O cansaço, o esgotamento, o esforço sobre-humano embrulharam-lhe as ideias, numa súbita turvação. Julgou-se outra vez dentro do esquife do Senhor

Morto. Estava em levitação, pendente de nada, em pleno espaço, manto roxo de estrelas a cobri-lo, manto de estrelas de Marta a ocultá-lo do céu. Mas estava morto. Carregara a cruz, fora nela pregado e agora levavam-no a enterrar.

Fazendo um grande esforço para não perder os sentidos, Delfino, trôpego de pernas e zonzo de espírito, sacudiu a cabeça. Precisava de chegar ao santuário. Abriu os olhos.

Estava na altura do primeiro Passo, o Passo da Ceia. Acercou-se um instante da capela. Os moleques que imitavam bombo e tambor na sua frente já tinham subido e o esperavam lá no alto, na esplanada em frente ao santuário, dançando como cabritos e batendo o ritmo de *Tão pequenino com uma cruz tão grande*. Agora, tendo aprendido dos pais o velho apelido de Delfino, variavam, dizendo: *Tão fininho com uma cruz tão grande*.

Delfino, cruz segura pelo braço esquerdo, encostou a cabeça na grade da capela da Ceia, para refrescá-la. Quando abriu os olhos um instante, para repousá-los na sombra do lado de dentro... viu seu Juca Vilanova! Abriu bem os olhos. Sim, era ele, ou melhor, era a estátua do Judas Iscariotes feita pelo Aleijadinho. Os grandes olhos, os bizarros bigodes caídos, até as mãos, os pés imensos. Sim, era ele! Ah, por isto Adriano tinha saído tão perturbado da capela há treze anos, por isto seu Juca Vilanova queria tanto a estátua para picá-la em pedacinhos, moê-la em pó de pau... Ali estava ele, ele de fato, segurando convulso um saco de dinheiro. Seu Juca e seus contos de réis do demônio, seu dinheiro maldito, os juros de Judas, dos 30 dinheiros!

Delfino sentiu uma vida nova no corpo. Não lhe incomodavam mais os ombros feridos, os joelhos ralados. Não sentia mais humilhação nem vergonha. Sabia que nada o atingiria nem humilharia mais, que estava dentro da redoma da penitência, dentro de um sino transparente onde os pecados são macerados como um cadinho e soprados ao vento em badaladas.

Havia uma luta. Ele tinha lutado há treze anos do lado errado. Agora estava certo, estava tudo bem, estava lutando do lado direito.

Adriano, vindo pelo lado da capela, lhe falava:

— Esse padre deve ter endoidecido você, Fininho. A dez metros está o nosso automóvel. Vamos embora, seu Juca Vilanova está muito mal, mas espera você porque se considera responsável...

Delfino deu tal repelão com a cruz que quase derrubou Adriano. De fato, lá estava o automóvel. Seu Juca saltou um instante, tonto de asma, os olhos esbugalhados, os bigodes caídos. Levava debaixo do braço uma cadeirinha de lona, de armar. Teve de colocá-la logo no chão e sentar-se, de longe olhando Delfino com olhos de cachorro batido. Se não fosse o papel que lhe haviam imposto, a cruz que tinha nos ombros, Delfino teria cuspido uma terceira vez na direção de seu Juca Vilanova. Mas deu-lhe simplesmente as costas e tocou para cima, agora de passo determinado, sabendo o que fazia. Sangrento, suado, o peito arfando, Delfino caminhava firme, olhos bem abertos. Foi tal a modificação que em torno dele houve um silêncio de mal-estar, como se a multidão sentisse que estava rindo e zombando talvez fora de hora. Delfino foi subindo, subindo entre os Passos da tragédia. Lá em cima os profetas varavam o azul, o santuário refulgia branco e verde. Duas figuras humanas ele já divisava no portão, uma perto de Isaías, outra perto de Jeremias.

Delfino subiu a rampa numa agonia de dor e de esgotamento físico, com uma pontada excruciante no ombro onde se achava agora a cruz, uma dor em forma de espada ao longo da espinha, placas de dores nos músculos das pernas, mas um impulso de alegria e jovialidade no corpo inteiro. Passou entre os moleques como se o aplaudissem. Agora já via bem a cara das duas figuras da porta do santuário: padre Estêvão e Mar.

Mar lhe estendia os braços, a cara molhada de lágrimas, mas como iluminada por dentro, aquecida de amor. Quando ele chegou à porta do santuário ela lhe passou a mão pela cintura. Juntos subiram os últimos degraus e levaram a cruz por entre os profetas verdes e a colocaram novamente de pé contra a sua parede.

ESTUDO CRÍTICO

Callado e a "vocação empenhada" do romance brasileiro[1]

Ligia Chiappini
Crítica literária

Embora se alimente de episódios quase coetâneos, muitos deles tratados em reportagens do autor, a ficção de Antonio Callado transcende o fato para sondar a verdade, por uma interpretação ousada, irreverente e atual. E consegue tratar de forma nova um velho problema da literatura brasileira: sua "vocação empenhada",[2] para usar a expressão consagrada de Antonio Candido. Uma ficção que pretende servir ao conhecimento e à descoberta do país. Mas o resgate dessa tradição do romance empenhado ou engajado se realiza aqui com um refinamento que não compromete a comunicação e com um caráter documental que não perde de vista a complexidade da vida e da literatura. Busca difícil, que termina dando numa obra desigual, mas, por isso mesmo, interessante e rica.

---

[1] Este texto é a adaptação do Capítulo IV do livro de Ligia Chiappini, intitulado *Antonio Callado e os longes da pátria* (São Paulo: Expressão Popular, 2010).
[2] Essa expressão, utilizada para caracterizar o romance brasileiro a partir do Romantismo, é de Antonio Candido em seu livro clássico *Formação da literatura brasileira*, de 1959.

O jornalismo e suas viagens proporcionam ao escritor experiências das mais cosmopolitas às mais regionais e provincianas. A experiência decisiva do jovem intelectual, adaptado à vida londrina, a quase transformação do brasileiro em europeu refinado (que falava perfeitamente o inglês e havia se casado com uma inglesa) afinaram-lhe paradoxalmente a sensibilidade e abriram-lhe os olhos para, segundo suas próprias palavras em uma entrevista, "ver essas coisas que o brasileiro raramente vê"[3] É assim que ele explica seu profundo interesse pelo Brasil no final de sua temporada europeia, quando começou a ler tudo o que se referia ao país, projetando já suas futuras viagens a lugares muito distantes do centro onde vivia.

Da obra de Antonio Callado, em seu conjunto, transparece um projeto que se poderia chamar de alencariano, na medida em que seus romances tentam sondar os avessos da história brasileira, aproveitando, para tanto, junto com os modelos narrativos europeus (sobretudo do romance francês e do inglês), os brasileiros que tentaram, como Alencar, interpretar o Brasil como uma nação possível, embora ainda em formação. A ficção como tentativa de revelar, conhecer e dar a conhecer nosso país constitui o projeto dos românticos e é, ainda, o projeto de Callado, que, como Gonçalves Dias, Graça Aranha e Oswald de Andrade, redescobre o Brasil. Conforme ele próprio nos conta em vários depoimentos, os seis anos que viveu na Inglaterra foram, em grande parte, responsáveis pelo seu projeto de trabalho (e, de certa forma, também de vida) na volta. As viagens, as reportagens, o teatro e o romance servem,

---

[3] Cf. entrevista concedida à autora e publicada em: *Antonio Callado, literatura comentada* (São Paulo: Abril Cultural, 1982. p. 9).

daí para frente, a um verdadeiro mapeamento do país: do Rio de Janeiro a Congonhas do Campo; desta a Juazeiro da Bahia; da Bahia a Pernambuco; de Olinda e Recife ao Xingu; do Xingu a Corumbá, com algumas escapadas fronteira afora, para o contexto mais amplo da América Latina.

Obcecado pelo deslumbramento da redescoberta do Brasil, seu projeto é fazer um novo retrato do país, o que o aproxima de Alencar, depois da atualização feita por Paulo Prado e Mário de Andrade, e o converte numa espécie de novo "eco de nossos bosques e florestas", designação que Alencar usava para referir-se à poesia de Gonçalves Dias. Não faltam aí nem sequer os motivos da canção do exílio — o sabiá e a palmeira —, retomados conscientemente em *Sempreviva*. Tampouco falta a figura central do Romantismo — o índio —, que aparece em *Quarup* e reaparece em *A expedição Montaigne* e em *Concerto carioca*. E, nessa viagem pelos trópicos, vamos recompondo diferentes Brasis, pelo cheiro e pela cor, pelos sons característicos, pela fauna e pela flora.

Mesmo nos livros posteriores a *Quarup*, nos quais se pode ler um grande ceticismo em relação aos destinos do Brasil, permanece o deslumbramento pela exuberância da nossa natureza e as potencialidades criadoras do nosso povo mestiço. Vista em bloco, a obra ficcional de Antonio Callado é uma espécie de reiterada "canção de exílio", ainda que às vezes pelo avesso, como em *Sempreviva*, em que o herói, Vasco ou Quinho — o "Involuntário da Pátria" —, é um exilado em terra própria. O localismo ostensivo, que ainda amarra esse escritor às origens do romance brasileiro, de uma literatura e de um país em busca da própria identidade (e até mesmo a certo regionalismo, nos primeiros romances), tem sua contrapartida universalizante, desde *Assunção de Salviano*, transcendendo fronteiras e alcançando "os grandes problemas da vida e da morte, da pureza e da corrupção, da incredulidade e da fé", como já assinalava Tristão de Athayde, seu primeiro crítico. Aliás, do mergulho no local e no histórico é que resulta a concretização desses temas universais. Assim, pelo confronto das classes sociais em luta no Nordeste, chega-se à temática mais geral da exploração do homem pelo homem e das centelhas de revolta que periodicamente acendem fogueiras entre os dominados. Pela história individual do padre Nando, tematiza-se a situação geral da Igreja, dos padres e do intelectual que se debatem entre dois mundos. Pela sondagem da consciência de torturadores brasileiros, chega-se a esboçar uma espécie de tratado da maldade, que nos faz vislumbrar os abismos de todos nós.

O contato do jornalista-viajante com nossas misérias e nossas grandezas sensibiliza-o cada vez mais para a "dureza da vida concreta do povo espoliado",[4] que, presente em suas reportagens sobre o Nordeste e na luta dos camponeses pela terra e pelo pão, reaparece em seus romances. Em alguns deles, esse povo não é mais do que uma sombra, cada vez mais distante do intelectual revolucionário e do escritor, angustiado justamente com sua ausência sistemática do cenário político e das decisões capitais da nossa história.

O tratamento do nordestino pobre (em *Quarup* e *Assunção de Salviano*) ou de um pequeno comerciante de uma provinciana cidade de Minas Gerais (*A madona de cedro*)

---

[4] Cf. Arrigucci Jr., Davi. *Achados e perdidos*: ensaios de crítica. São Paulo: Polis, 1979. p. 64.

parece aproximar o escritor daqueles autores românticos que, como o polêmico Franklin Távora, defendiam o deslocamento da nossa literatura do centro litorâneo e urbano para regiões mais afastadas e subdesenvolvidas. Contudo, em Callado, isso não se manifesta como opção unilateral, mas como evidência da tensão. O caminho da reportagem à ficção feito pelo autor de *Quarup* pode ser comparado ao caminho da visão externa à do drama de Canudos, percorrido por Euclides da Cunha em sua grande obra dilacerada e trágica: *Os sertões*. Da mesma forma aqui, guardadas as diferenças, o esforço do intelectual, formado nos centros mais avançados, para entender o universo cultural do Brasil subdesenvolvido acaba sendo simultaneamente um esforço para indagar das raízes de sua própria ambiguidade como intelectual refinado em terra de "bárbaros".

No caso da abordagem do índio, as trajetórias do padre Nando e de *Quarup* são exemplares como a conversão euclidiana. Documenta-se aí a passagem do interesse livresco e do enfoque romântico, que o levam, no início, a idealizar o Xingu como um paraíso terrestre, à vivência dos problemas reais do índio, contaminado pelo branco e em processo de extinção. Nando termina chegando a um indianismo novo, em que o índio é tratado sem nenhuma idealização.

Mas Callado não só revela a miséria do índio. Aponta também, a partir de uma vida mais próxima à natureza, para valores que poderiam resgatar as perdas da civilização corrupta. Desencanto e utopia, eis aí uma contradição dialética, evidente em *Quarup*, e uma constante nos livros do escritor, nos quais a repressão, a tortura, a dominação e a morte aparecem sempre contrapostas à imagem da vitalidade, do amor e da liberdade, simbolizados geralmente por elementos naturais: a água, as orquídeas, o sol, que travam uma luta circular com a noite, os subterrâneos e as catacumbas.

É a dimensão mítica e transcendente que faz Salviano ascender aos céus (ao menos na boca do povo), em *Assunção de Salviano*; é ela que faz Delfino recuperar a calma e o amor depois da penitência, em *A madona de cedro*; é ela que permite, apesar de todas as prisões, as desaparições e as mortes com que a ditadura de 1964 reprimiu os revolucionários, que, no final de *Quarup*, Nando e Manuel Tropeiro partam para o sertão em busca da guerrilha, e que o já debilitado Quinho, de *Sempreviva*, ao morrer, uma vez cumprida sua vingança, se reencontre com Lucinda, a namorada morta dez anos antes nos porões do DOI-Codi.[5] Retomada na figura de Jupira e de Herinha, ambas também parentas da terra e das águas, Lucinda é uma espécie de símbolo dos "nervos rotos", mas ainda vivos da América Latina (alusão à epígrafe de *Sempreviva*, tirada de um poema de César Vallejo).

Essa ambivalência acha-se no próprio título do romance de 1967. O quarup é uma festa por meio da qual, ritualmente, os índios revivem o tempo sagrado da criação. Em meio a danças, lutas e um grande banquete, os mortos regressam à vida, encarnados em troncos de madeira (kuarup ou quarup) que, ao final, são lançados na água. O ritual fortalece e renova a tribo, que tira dele novo alento, transformando a morte em vida.

---

[5] Organização repressiva paramilitar da ditadura.

Bar Don Juan, *Reflexos do baile* e *Sempreviva* retomam as andanças do padre Nando tentando retratar os diferentes Brasis (das guerrilhas, dos sequestros, do submundo de torturadores e torturados). O que sempre se busca são alternativas para "o atoleiro em que o Brasil se meteu", mesmo que, cada vez mais, de forma desesperançada, com a ironia minando a epopeia e desvelando machadianamente o quixotesco das utopias alencarianas. E essa busca se amplia no confronto passado-presente, interior-centro, no caso do desconcertante *Concerto carioca*. Ou, finalmente, quando se estende à América Latina, com seus eternos problemas, incluindo a terrível integração perversa que ocorreu com a "Operação Condor", nos anos 1970 (como aparece em *Sempreviva*), e, cem anos antes, com a "Tríplice Aliança" (rememorada obsessivamente por Facundo, personagem central em *Memórias de Aldenham House*).

A ironia existente já em *Assunção de Salviano* e *A madona de cedro* — ainda comedida e, portanto, mínima — vai crescendo a partir de *Quarup*, até explodir na sátira de *A expedição Montaigne*, que parece encerrar o ciclo antes referido.

Nesse romance, um jornalista, de nome Vicentino Beirão, arrasta consigo pouco mais de uma dúzia de índios (já aculturados, mas fingindo selvageria para corresponder ao gosto desse chefe meio maluco) e Ipavu, índio camaiurá, tuberculoso, recém-saído do reformatório de Crenaque, em Resplendor, Minas Gerais. O objetivo da insólita expedição, que tem como mascote um busto do filósofo Montaigne (um dos principais criadores da imagem do bom selvagem na Europa), é "levantar em guerra de guerrilha as tribos indígenas contra os brancos que se apossaram do território" desde a chegada de Cabral, que é descrita como um verdadeiro estupro da terra de Iracema.

Depois de várias peripécias e de sucessivas perdas no labirinto de enganosos rios, conseguem chegar à aldeia camaiurá, levados pelo rio Tuatuari. A longa viagem, na verdade, conduz à morte. Vicentino Beirão, febril e semidesfalecido, é empurrado por Ipavu para dentro da gaiola do seu gavião Uiruçu, companheiro de infância com quem foge logo a seguir. O pajé Ieropé, já velho e desmoralizado, incapaz de curar os doentes desde que os remédios brancos foram introduzidos na aldeia, tendo saído de sua cabana pouco depois da fuga de Ipavu, e vendo o jornalista enjaulado, vislumbra aí a possibilidade de recuperar o seu prestígio de mediador entre os homens e os deuses, "recosturando o céu e a terra" e trazendo de volta o tempo em que suas ervas e fumaças eram eficazes. Porque, para ele, Vicentino Beirão é Karl von den Steinen renascido. Trata-se do antropólogo alemão que fez a primeira expedição ao Xingu em 1884, aqui chamado de Fodestaine.

Enquanto isso, a tuberculose, que estivera corroendo as forças de Ipavu durante toda a travessia, completa sua obra e o indiozinho também morre, reintegrando-se na cultura indígena por meio de um ritual fúnebre: a canoa que se afasta com seu corpo, rio afora, conduzida pelo gavião de penacho.

Como na maior parte dos romances de Callado, o desenlace é insólito e nos agrada na medida em que surpreende. No entanto, o grande prazer da leitura está em seguir o desenrolar da história, o contraponto das perspectivas alternadas, a escrita que nos empolga e nos faz ler tudo de um fôlego só, provocando ao mesmo tempo a expectativa do romance policial, o riso da comédia, a piedade e o terror da tragédia.

Anti-herói paródico, Vicentino Brandão é Nando, Quinho e tantos heroicos revolucionários dos romances anteriores. A dimensão utópica desaparece, persistindo somente de forma negativa, na amargura de um mundo fora dos eixos: nossa tragicomédia exposta.

A vertente machadiana, cética e irônica, que combinava tão bem com o lado Alencar de Callado (aparecendo em outros romances só quando o narrador se distanciava para olhar exaustivamente e sem piedade a miséria dos heróis e a pobreza das utopias em seus mundos infernais), agora ganha o primeiro plano, intensificando a caricatura.

A expedição Montaigne parece resumir um ciclo de modo tal que, depois dela, é como se Callado trabalhasse com resíduos. Ainda apegado ao tema do índio — tema pelo qual ele reconhece um interesse do avô, que também gostava de tratar desse assunto —, o escritor volta a ele em seu penúltimo romance — *Concerto carioca* —, mas, dessa vez, caracterizado por uma problemática histórico-social mais ampla.

A tentativa de *Concerto carioca* é, como o próprio nome aponta, a de concentrar em um cenário urbano a ficção previamente desenhada pela viagem aos confins do Brasil. Entretanto, até isso é ambíguo, já que o Jardim Botânico, onde transcorre a maior parte da ação, é uma espécie de minifloresta que enquadra e anima de modo mítico, com suas árvores e riachos, a figura de Jaci, o indiozinho (agora citadino) vítima de Xavier, o assassino um tanto psicopata, no qual poderíamos ler o símbolo tanto dos colonizadores de ontem quanto dos depredadores da vida e da natureza de hoje, de dentro e de fora da América

Latina, tornando a exterminar os índios, agora transplantados para a cidade. Ettore Finazzi Agrò[6] leu *Concerto carioca* como um concerto desafinado, um conjunto de sequências inconsequentes e de pessoas fora do lugar, umbral, paralisia e atoleiro, em um presente que arrasta o passado, feito de falta e remorso, em analogia com o ritmo desafinado da nossa existência descompassada. O mesmo atoleiro que nos obriga a arrancar-nos da lama pelos próprios cabelos, tarefa hercúlea que o próprio Callado sempre invocava, aludindo a sério aos contos do célebre barão de Münchhausen.[7]

Nesse livro, ainda bebendo nas fontes de sua própria vida (a infância passada no Jardim Botânico e o descobrimento do índio pelo menino, aprofundado anos depois pelo repórter adulto), o escritor retoma também outro tema que lhe é familiar: a temível potencialidade das pessoas. Segundo seu próprio depoimento, isso se confunde com a tarefa do romance, que é levar a pessoa ao extremo daquilo que poderia ser: "Então, você pode acreditar em uma prostituta que é quase uma santa no final do livro, como em um santo que resulta em um canalha da pior categoria."[8] Ao longo de toda a obra, essa dimensão, que poderíamos chamar de "a pesquisa do mal no homem, na

---

[6] Cf. Nos limiares do tempo. A imagem do Brasil em *Concerto carioca*. In: Chiappini, Ligia; Dimas, Antonio; Zilly, Berthold (Org.). *Brasil, país do passado?*. São Paulo: Edusp/Boitempo, 2010.

[7] Personagem de *As aventuras do celebérrimo barão de Münchhausen*, escrito pelo alemão Gottfried August Bürger em 1786 e publicado no Brasil com tradução de Carlos Jansen (Rio de Janeiro: Laemmert, 1851). A análise da tensão temporal em *Concerto carioca*, no livro citado na nota 1, segue de perto a leitura de Finazzi Agrò (2000, p. 137).

[8] Entrevista concedida à autora e publicada em *Antonio Callado, literatura comentada* (São Paulo: Abril, 1982. p. 9).

mulher, na sociedade", aparece nos momentos em que os demônios se soltam.

Concerto carioca opta por se introduzir nas vertentes pessoais da maldade e toma partido, decisivamente, pelo mito, deixando, dessa vez, a história como um distante pano de fundo. Ao debilitar-se o plano histórico e social, rompe-se aquele equilíbrio entre o particular e o geral, o contingente e o transcendente, que permitiu a *Quarup* perdurar. O resultado, embora reúna acertos e achados, é um romance no qual o próprio narrador (personificado em um menino) parece perceber um equívoco: o de destacar como herói quem deveria ser um vilão secundário e diminuir a figura central do indiozinho, tornada paradoxalmente mais abstrata.

Em todo caso, isso talvez seja mesmo o remate de um ciclo e o começo de outro, de um livro ambíguo que traz o novo latente. Finalmente, Callado chega de volta onde começou, redescobrindo o país e a si mesmo no confronto com seus irmãos latino-americanos e nossos meios-pais europeus, a partir da experiência da viagem, da vivência de guerras externas e internas e das prisões em velhas e novas ditaduras. Londres durante a guerra e o ambiente da BBC são aí tematizados, lançando mão novamente de um recurso que sempre foi efetivo em suas obras: os mecanismos de surpresa e suspense dos romances policiais e de espionagem. Aqui vai mais longe, pois tenta compreender o Brasil tentando entendê-lo na América do Sul, e esta, em suas tensas relações com a Europa.

A história é narrada do ponto de vista de um jornalista brasileiro que vai para Londres, fugindo à ditadura de Getúlio Vargas, na década de 1940, e lá encontra outros companheiros latino-americanos, uma chileno-irlandesa, um paraguaio, um boliviano e um venezuelano. Estes, por sua vez, fugiram do arbítrio da polícia política em seus respectivos países. O confronto deles entre si e de todos juntos com os ingleses, no dia a dia de uma agência da BBC especialmente voltada para a América Latina, acaba denunciando tanto os bárbaros crimes latino-americanos do passado e do presente quanto o envolvimento das nossas elites com os criminosos de colarinho branco da supercivilizada Inglaterra. Não apenas denuncia, mas também expõe parodicamente os preconceitos e estereótipos dos ingleses sobre os latino-americanos e vice-versa.

Vinte anos depois dos sucessos de *Memórias de Aldenham House*, que se prolongam num Paraguai e num Brasil só aparentemente democratizados, o narrador (ex-representante brasileiro na BBC, como fora o próprio Callado) escreve suas memórias, novamente na prisão. Nesse caso, ampliando o ciclo, o território e a viagem, circulamos pela Inglaterra e França para chegar ao Paraguai, passando pela prisão ditatorial em que o narrador escreve sua história, uma história de outras ditaduras e de perseguições a líderes de esquerda menos ou mais desesperados, menos ou mais vitimizados, mas igualmente vencidos pela prepotência do autoritarismo tradicional na América Latina.

Callado rememora aí sua experiência de duas ditaduras e de duas pós-ditaduras; a experiência dos exilados que se foram e dos que voltaram para contar, tentando recuperar a face oculta da civilizada Inglaterra, que Facundo acusa e que talvez esteja muito mais próxima do Paraguai e, por que não, do Brasil, ou pelo menos de certo Brasil: aquele tanto mais visível quanto mais se encena a sua entrada plena na modernidade pós-moderna.

PERFIL DO AUTOR

O SENHOR DAS LETRAS

Eric Nepomuceno
Escritor

Antonio Callado era conhecido, entre tantas outras coisas, pela sua elegância. Nelson Rodrigues dizia que ele era "o único inglês da vida real". Além da elegância, Callado também era conhecido pelo seu humor ágil, fino e certeiro. Sabia escolher os vinhos com severa paixão e agradecer as bondades de uma mesa generosa. E dos pistaches, claro. Afinal, haverá neste mundo alguém capaz de ignorar as qualidades essenciais de um pistache?

Pois Callado sabia disso tudo e de muito mais.

Tinha as longas caminhadas pela praia do Leblon. Ele, sempre tão elegante, nos dias mais tórridos enfrentava o sol com um chapeuzinho branco na cabeça, e eram três, quatro quilômetros numa caminhada puxada: estava escrevendo. Caminhava falando consigo mesmo: caminhava escrevendo. Vivendo. Porque Callado foi desses escritores que escreviam o que tinham vivido, ou dos que vivem o que vão escrever algum dia.

Era um homem de fala mansa, suave, firme. Só se alterava quando falava das mazelas do Brasil e dos vazios do mundo daquele fim de século passado. Indignava-se contra a injustiça, a miséria, os abismos sociais que faziam — e em boa medida ainda fazem — do Brasil um país de desiguais. Suas opiniões, nesse tema, eram de suave mas certeira e efetiva contundência. E mais: Callado dizia o que pensava, e o que pensava era sempre muito bem sedimentado. Eram palavras de uma lucidez cristalina.

Dizia que, ao longo do tempo, sua maneira de ver o mundo e a vida teve muitas mudanças, mas algumas — as essenciais — permaneceram intactas. "Sou e sempre fui um homem de esquerda", dizia ele. "Nunca me filiei a nenhum partido, a nenhuma organização, mas sempre soube qual era o meu rumo, o meu caminho." Permaneceu, até o fim, fiel, absolutamente fiel, ao seu pensamento. "Sempre fui um homem que crê no socialismo", assegurava ele.

Morava com Ana Arruda no apartamento de cobertura de um prédio baixo e discreto de uma rua tranquila do Leblon. O apartamento tinha dois andares. No de cima, um terraço mostrava o morro Dois Irmãos, a Pedra da Gávea e o mar que se estende do Leblon até o Arpoador. Da janela do quarto que ele usava como estúdio, aparecia esse mesmo mar, com toda a sua beleza intocável e sem fim.

O apartamento tinha móveis de um conforto antigo. Deixava nos visitantes a sensação de que Callado e Ana viviam desde sempre escudados numa atmosfera cálida. Havia um belo retrato dele pintado por seu amigo Cândido Portinari, de quem Callado havia escrito uma biografia. Aliás, escrita enquanto Portinari pintava seu retrato. Uma curiosa troca de impressões entre os dois, cada um usando suas ferramentas de trabalho para descrever o outro.

Havia também, no apartamento, dois grandes e bons óleos pintados por outro amigo, Carlos Scliar.

Callado sempre manteve uma rígida e prudente distância dos computadores. Escrevia em sua máquina Erika, alemã e robusta, até o dia em que ela não deu mais. Foi substituída por uma Olivetti, que usou até o fim da vida.

Na verdade, ele começava seus livros escrevendo à mão. Dizia que a literatura, para ele, estava muito ligada ao rascunho. Ou seja, ao texto lentamente trabalhado, o papel diante dos olhos, as correções que se sucediam. Só quando o texto adquiria certa consistência ele ia para a máquina de escrever.

Jamais falava do que estava escrevendo quando trabalhava num livro novo. A alguns amigos, soltava migalhas da história, poeira de informação. Dizia que um escritor está sempre trabalhando num livro, mesmo quando não está escrevendo. E, quando termina um livro, já tem outro na cabeça, mesmo que não perceba.

Era um escritor consagrado, um senhor das letras. Mas ainda assim carregava a dúvida de não ter feito o livro que queria. "A gente sente, quando está no começo da carreira, que algum dia fará um grande livro. O grande livro. Depois, acha que não conseguiu ainda, mas que está chegando perto. E, mais tarde, chega-se a uma altura em que até mesmo essa sensação começa a fraquejar...", dizia com certa névoa encobrindo seu rosto.

Levou essa dúvida até o fim — apesar de ter escrito grandes livros.

Foi também um jornalista especialmente ativo e rigoroso. Escrevia com os dez dedos, como corresponde aos profissionais de velha e boa cepa. E foi como jornalista que ele girou o mundo e fez de tudo um pouco, de correspondente de guerra na BBC britânica a testemunha do surgimento do Parque Nacional do Xingu, passando pela experiência definitiva de ter sido o único jornalista brasileiro, e um dos poucos, pouquíssimos ocidentais a entrar no então Vietnã do Norte em plena guerra desatada pelos Estados Unidos.

A carreira de jornalista ocupou a vaga que deveria ter sido de advogado. Diploma em direito, Callado tinha. Mas nunca exerceu o ofício. Começou a escrever em jornal em 1937 e enfrentou o dia a dia das redações até 1969. Soube estar, ou soube ser abençoado pela estrela da sorte: esteve sempre no lugar certo e na hora certa. Em 1948, por exemplo, estava cobrindo a 9ª Conferência Pan-americana em Bogotá quando explodiu a mais formidável rebelião popular ocorrida até então na Colômbia e uma das mais decisivas para a história contemporânea da América Latina, o Bogotazo. Tão formidável que marcou para sempre a vida de um jovem estudante de direito que tinha ido de Havana, um grandalhão chamado Fidel Castro, e que também acompanhou tudo aquilo de perto.

Houve um dia, em 1969, em que ele escreveu ao então diretor do *Jornal do Brasil* uma carta de demissão. Havia um motivo, alheio à vontade dos dois: a ditadura dos generais havia decidido cassar os direitos políticos de Antonio Callado pelo período de dez anos e explicitamente proibia que ele exercesse o ofício que desde 1937 garantia seu sustento. Foi preciso esperar até 1993 para voltar ao jornalismo já não mais como repórter ou redator, mas como um articulista de texto refinado e com visão certeira das coisas.

Até o fim, Callado manteve, reforçada, sua perplexidade com os rumos do Brasil, com as mazelas da injustiça social.

E até o fim abandonou qualquer otimismo e manteve acesa sua ira mais solene.

Sonhou ver uma reforma agrária que não aconteceu, sonhou com um dia não ver mais os milhões de brasileiros abandonados à própria sorte e à própria miséria. Era imensa sua indignação diante do Brasil ameaçado, espoliado, dizimado, um país injusto e que muitas vezes parecia, para ele, sem remédio. Às vezes dizia, com amargura, que duvidava que algum dia o Brasil deixaria de ser um país de segunda para se tornar um país de primeira. E o que faria essa diferença? "A educação", assegurava. "A escola. A formação de uma consciência, de uma noção de ter direito. Trabalho, emprego, justiça. Ou seja: o básico. Uma espécie de decência nacional. Porque já não é mais possível continuar convivendo com essa injustiça social, com esse egoísmo."

Sua capacidade de se indignar com aquele Brasil permaneceu intocada até o fim. Tinha, quando falava do que via, um brilho especial, uma espécie de luz que é própria dos que não se resignam.

Desde aquele 1997 em que Antonio Callado foi-se embora para sempre, muita coisa mudou neste país. Mas quem conheceu aquele homem elegante e indignado, que mereceu de Hélio Pellegrino a classificação de "um doce radical", sabe que ele continuaria insatisfeito, exigindo mais. Exigindo escolas, empregos, terras para quem não tem. Lutando, à sua maneira e com suas armas, para poder um dia abrir os olhos e ver um país de primeira classe. E tendo dúvidas, apesar de ser o senhor das letras, se algum dia faria, enfim, o livro que queria — e sem perceber que já tinha feito, que já tinha escrito grandes livros, definitivos livros.

Este livro foi impresso nas oficinas da
DISTRIBUIDORA RECORD DE SERVIÇOS DE IMPRENSA S.A.
Rua Argentina, 171 – Rio de Janeiro, RJ
para a EDITORA JOSÉ OLYMPIO LTDA.
em julho de 2014

*

82º aniversário desta Casa de livros, fundada em 29.11.1931